祖孫小品

張輝誠

君有妙文戲金孫，
余無諧章誇玉女？

題贈輝誠

余光中
丙申秋分

君自故鄉來
應知故鄉事
來時綺窗前
寒梅著花未

孫輝城丈集祖
孫竹垞鄉愁滑滑
讀來暖心恍似雨
後巧遇故鄉來客
訴說寒梅消息吟吟
綺窗舊夢摩詰
拈懷

董橋

庚申仲秋香島

十竹齋珍藏

【推薦序】

三代的細微感情

——張輝誠《祖孫小品》

陳芳明

每次遇到張輝誠時，總是迎來他的笑容，很少有這麼快樂的高中老師。他在台北中山女高所推行的學思達教學，已經是舉國聞名，而且也遠播到香港與東南亞。在忙碌的行程中，他從來都保持著好整以暇的態度。令人不能不相信，他一定擁有秘密武器，否則無法在緊湊的工作節奏裡，還可以表現的那麼從容。第一次捧讀他的散文《我的心肝阿母》時，總是讓人有會心一笑的時刻。很少作家樂於以整本書來描寫自己的母親，他藉由開朗的文字，與讀者分享母子之間的親密感情。台灣社會逐漸進入後現代之際，傳統的倫理已逐漸受到淡忘，遑論兩代的互動關係。在他的文字之間徘徊時，不免使人產生濃厚的懷舊病。

曾經在中山大學與他相遇時，看見他與母親、妻子、孩子坐在餐廳的桌前，他們彼此不時會發出微笑。縱然坐在鄰桌，也能感受到他們全家釋放出來的溫暖。那時，西子灣的夕照投射進來，昏黃的光照在他們的餐桌。總覺得上面有一位不知名的神，默默賜予罕見的幸福給他們。微近中年的輝誠，稍微消瘦，卻有穩定的肩膀。我可以感覺，他坐在那裡，彷彿是一座城堡，護衛著全家大小。他母親是一位樂觀的人，充滿了母性。與她的金孫張小嚕坐在一起，保持著飽滿的笑容。那副景象，使我聯想到自己與大小孫兒相處時的心情。只有親臨其境，才知道什麼是幸福的滋味。我未曾與他母親談話，但是看到他的笑容，就足夠神會相通。到現在，我常常想起那黃昏海邊的家庭晚餐。不知名的神安排我見證了這一幕，我也可以感受到從上面所賜於的幸福感。他們被祝福時，我也一起領受。

輝誠是大開大闔的人，卻也是非常專業與敬業的老師。我相信坐在教室裡的學生，可以感受到這位老師散發出來的熱力。尤其是他樂觀的心情，似乎這個世界沒有什麼可以阻擋他。只要他想實現的計畫，必定會不畏艱難去完成。他與我並不是可以常常見面，但我非常明白，他珍惜著每天的分分秒秒，教學、閱讀、書寫都未嘗使他的時光虛擲。他的樂觀態度，便是幽默感的根源。在臉書上，我們是臉友。總是從他的字裡行間，體會到他對學生的照顧，對朋友的尊重，對長輩的敬愛。在恰當時刻，他會讓朋友看見母親與金孫的對話。那些平凡的文字，暗藏著不平凡的豐富感情。所謂倫理親情，不免是老掉牙的價值觀念。但是，在他的家庭裡，那是生動而新鮮的感情，而且是自然流露。

三年前，他邀請我為下一本散文寫序。時間過了那麼久之後，反而是我忘記了。沒有想到在九月中旬，我收到一份厚厚的郵件，信封是台北中山女高的頭銜。我才發現，輝誠一直惦記著這件事。捧讀他的文字時，覺得非常開心，卻又感動無比。尤其看到書名《祖孫小品》，心裡微微震動著。我想，他的心肝阿母又老了一點，張小嚕又長高了一點，而輝誠的文字也加重了一點。在印刷稿的紙張之間翻閱時，仍然可以聞到紙頁與油墨混融的氣味。不知道為什麼，他們全家在西子灣晚餐的那一幕，再次鮮明浮現出來。我終於明白，為什麼他可以保持那麼樂觀。也明白他所做的任何事情，從教學到書寫，一直保持喜悅的穩定狀態。那種喜悅感，我可以體會，因為那完全是來自他家庭的加持。他的心肝阿母，他的寶貝兒子張小嚕，還有他含蓄內斂的妻子，都是他生命力量的泉源。在行文之際，也把他內心的喜悅傳達給讀者。

我偏愛他乾淨流利的文字，每篇文字從第一句開始，到最後一句結束，總是帶給我一次平穩的航行。這樣的航行總是順流而下，中間也許出現微微的急湍，有時候也有一些轉折，到達終點時一定是換取一個開闊的心情。在他的世界裡，很少出現激情，更未洩漏任何憤懣，當然也未曾有過譏刺的語言。我深深相信，他所享有的和諧，全然釀造於他們家裡三代的融洽感情。他的散文之所以精采，就在於他擅長捕捉剎那的畫面。在生活裡有太多稍縱即逝的時刻，卻因為他的專注與關注，許多靈光一閃的時刻都讓他適時把握。

這冊散文分成八輯，包括小事、小情、小事情、小言語、小變化、小遊戲、小飲食、小逍遙。這正是張輝誠語言藝術的特色，當整個傳統文學或現代作家都在強調目光如炬時，他反其道而行，永遠保持著目光如豆的觀察。真正能夠品嘗生活樂趣的人，從來不會去追求大敘述，更不在乎場面開闊的情節。他寧可珍惜小情小愛，在大城市的小小角落，穩穩守住他與世無爭的家庭生活。書中的幾個篇章，如〈剪腳趾甲〉、〈抱抱〉、〈手機癮〉、〈溫泉〉、〈洗身軀〉、〈屎尿〉，從他細微的描寫，讓我深深感受到母子之間的真情。尤其〈屎尿〉那篇短文，讓我內心震動不已。二十一世紀的今天，母子之間可以在身體上的照顧毫無芥蒂，確實讓我開了眼界。

生活中有那麼多的瑣碎，人不堪其憂，輝誠卻不改其樂，對自己的母親、兒子、妻子照顧得無微不至。妻子在書中並沒有多少語言，但是許多母子合照的照片，都由妻子來拍攝。在平凡的歲月裡，在尋常的時間裡，讓我第一次感受到什麼是幸福的滋味。讀完他全書的文字，我久久不能自已。這冊日記體的散文，是我多年來難得一見的藝術境界。身為他的讀者，可以優先窺見他生活的全部。我也能夠體會，他與家人分享的感情，也優先與我分享。在感動之餘，我必須對他表示最深的感謝。

二〇一六・十・三十一　政大台文所

【小序】

小錦繡

張小嚕出生後，我阿母異常開心，因為她又多添增了一個孫子，而且與其他分隔異地的孫子不同，同住一個屋簷下的張小嚕，可以每天親近。

但我阿母並不擅長與人溝通、和人相處，她的心智年齡也許連六歲小孩都不到，相處時間一久，便容易與人齟齬、產生各種衝突。我從她和其他孫兒相處經驗得出一條黃金定律，一旦孫子約莫六、七歲逐漸懂事後，還來不及學會寬容、忍耐和體諒之前，他們會越來越討厭阿嬤，並且形之於色、化之於言語、甚至表現於行為。換言之，我阿母和她的金孫張小嚕，和平而甜美的相處時間，大約只有六年時光左右。

這不能怪我阿母，我阿母天性本是如此，天底下能夠無怨無悔始終愛她、保護她、對她不離不棄的人，只有她的丈夫和兒子。這當然也還不能怪張小嚕，小孩天性本如此，要一個六、七歲娃兒，面對難以理喻的應對方式還能像五、六十歲高僧一般心情寬闊而穩定，簡直過於苛求。——但是，張小嚕六歲之前還不懂事、我阿母也還處在從來沒有長大過的狀態底下，這對祖孫，對世界還模模糊糊、對語言間傳遞的意涵還未能清晰明白之際，他們單純透過親吻、擁抱、笑容等等互動，直截地感受到祖孫間超乎言語、勝於意涵，就能緊密連結彼此內在最深的，愛與溫暖。

這本書，就是我阿母和張小嚕最美好時光的全紀錄。

我是整個過程的見證者，我自然必要將這些美好時光發生之事一件件記錄下來，讓將來的張小嚕明瞭，他曾經那樣愛他的阿嬤，即使他現在還不能理解，為什麼阿嬤越來越不可理喻，也許下意識開始刻意疏遠阿嬤，甚至討厭阿嬤。我想讓張小嚕知道，這是一個自然過程，但他必須從這個過程當中學會：親情之間的愛，無需大道理，沒有誰對誰錯，而是超乎言語與是非，而是必須重返彼此內心最深的連結，在他生命初始的六年，阿嬤曾經那樣愛他，他也曾經毫無芥蒂地愛阿嬤。——是的，真正的愛，是寬容，是理解，也是體諒。

我相信，張小嚕總有一天會懂。

這本書最早發表，是《聯合報》宇文正主編邀寫每周一則小專欄，我一口氣寫了〈祖孫十二品〉，後來似乎有讀者愛看，我便陸陸續續接著寫。承宇主編厚愛，每每投稿一篇，很快便刊載，她是這本書最早的讀者，也始終提供堅定支持，溫暖鼓勵。謝謝宇主編。

此書承余光中、董橋兩位老師厚愛，願意在晚輩如我唐突請求之下，特地撰寫題辭相勉。余老師的題辭文字，一主一客，賓主敬酬，巧妙雙關，莊諧並出，精采無比；董老師的題辭，行楷精妙，文字精麗，令人神馳意往。最後，承陳芳明老師厚愛，特地從每日忙碌的行程、演講、閱讀與書寫之間，抽空為此書撰寫精采序文，文字間細膩而深入的詮釋，讓我覺得深深地被理解、被接納。陳老師如此提攜、看重與鼓勵晚輩之情，也讓我看到一位大學者、作家傾瀉而出的溫暖，開闊而厚實的胸襟與氣度。

——謝謝三位老師。

這是一本小書，小到只是不斷覺察、注視微細情感，但有時我不免揣想，這些絲一般微細的情感，說不定可以綿延千里，甚至穿透時間、穿透空間、穿透人與之間的無以名狀的隔閡與防衛。也許有一天，這些絲一般的微細情感，可以一縷縷織就起來，織成錦繡，在日常的時光裡，偶爾閃爍迷人光彩。

目錄

輯四 小言語

輯五 小變化

【前文】

含飴弄孫

——我阿母與她的金孫

古人云：「含飴弄孫。」這個詞兒其實指兩件事，含飴和弄孫。飴，是飴糖，用麥芽或穀芽熬成，有硬有軟，硬的像北港飴、新港飴，雖硬卻比不得糖果之硬；軟的像麥芽膏，黃澄稠密似琥珀，滑移又似玉液凝漿。這兩款在我們雲林鄉下頗為常見，蔥仔寮老人大多嗜好此物，原因是軟硬適中便於稀疏齒牙咬舐，再者口中緩緩釋放甜味，口甜連心，含飴自甘，其樂何如（若以今日保健觀之，老人吃糖似是大不韙之舉，但要知道古代糖甚不易得，不可同日而語也）。至於弄孫，不消多說，弄孫以自樂也。

「含飴弄孫」這個詞出自《東觀漢記．明德馬皇后傳》：「穰歲之後，惟子之志，吾但當含飴弄孫，不能復知政事。」這段話是東漢第二位皇后馬皇后（名將伏波將軍馬援之女）對自己養子漢章帝所說，意思是說豐年之後，老人家只管含飴弄孫，不再過問政事了。簡單地說就是退休，深刻些說就是像孟子所講「君子有三樂，而王天下不與焉」的意思。對皇后而言，含飴弄孫之樂，遠遠超過母儀天下之樂。只不過這種快樂恐怕不光達官貴婦如此，但凡婦女當上祖母，想必都是一體同感。

我阿母當然也不例外。

我阿母膝下早有兩個內孫、七個外孫，但她卻很少享受「含飴弄孫」之樂。不能含飴，是因為老人家患有糖尿病，禁糖頗嚴；沒能弄孫，是九個孫子並未同住，無孫可弄，加上最大孫已經讀大學，最小的也已經讀國小，自主意識頗強，都已經不太願意讓人「弄」了；再加上我阿母個性過於獨特，孫子們未必能夠設身處地理解，導致言語齟齬時常發生，弄得我阿母不甚痛快，根本不想弄孫。好比說，我阿母偶爾從大哥家住幾晚回來後，便抱怨連連：「氣死人，兩個孫子把遙控霸住住，不讓我看『烏來伯』，相爭欲看『漫假』（卡通），真正氣死人！」原來大哥家只有一台電視，兩個姪子要看《海綿寶寶》，怎麼也不讓聽不懂國語的奶奶轉看台語連續劇《烏來伯與十三姨》。——讀者難免訝異，通常不都是祖母讓孫子看電視的嗎，怎麼會祖孫爭搶電視呢？當然，這是尋常人家，但我阿母不是，不這樣，怎顯得出我阿母性格獨特呢？

但自從我們家多了一個張小嚕之後，我阿母總算嘗到了含飴弄孫之樂。

張小嚕在醫院剛出生後，送進嬰兒房，嬰兒房有管制，閒雜人等進入不得，只有每隔一段時間才會拉開窗簾，讓家屬探望狀況。當窗簾揭開時，整片大玻璃後面並排著十來輛嬰兒箱車，玻璃前則擠滿家屬，我阿母把臉貼在玻璃上，對著張小嚕看，笑得合不攏嘴，一直回過頭來告訴一起擠看嬰兒毫不相識的人，說：「你看！你看！這我的金孫呢！哈哈哈，我的金孫呢！」她也不管別人覺得奇怪不奇怪。——有一回余光中先生聽我轉述此事，便好奇問：「生男的是金孫，如果生女的呢？」我特地把余先生的疑問轉問了我阿母，我阿母想都沒想，馬上答道：「也是金孫啊！」——這是我阿母生平頭一回有機會解答余先生的疑問，她老人家啥都不知道，但我可是得意得很哩，因為她居然離大文豪這麼接近啊。

我阿母為了表現她疼愛金孫，做了很多犧牲，頭一個犧牲是她把好幾年到景美夜市打小彈珠辛苦積存的一萬多點點數（約莫一元可贏得一點），統統都要送給張小嚕，讓他以後換玩具玩。只是張小嚕年紀還太小，剛滿周歲，什麼玩具都不會玩，偏偏我阿母性急，自己亂換了一堆，結果只能先堆在自己房間角落，像一座小型的玩具反斗城。第二個犧牲就是她手掌又長疕，我要帶她去皮膚科冷凍治療，她說什麼也不肯。但我跟她說你手這樣會傳染不能摸阿孫，她很不是滋味，便心不甘情不願勉強讓我帶去治療。治療時她喊痛，我捉住她的手讓醫生繼續冷凍，我阿母居然在診間哀號，毫不誇張哀喊到診間外的其他病患都聽見她淒厲叫聲，像宰豬一樣。最後她受不了了，竟然還用後腦勺頂撞她心肝兒子的肚子，就是想要掙開控制。七糾八纏之後，好不容易治療完，回家車上，她撫著手掌哀嘆：「我會乎你害死，若不是為了金孫，我會與你來？」第三個犧牲就是晚上不再叫我上樓陪她。以前我得每隔一晚回樓上陪她，她睡她的房間，我睡我的舊房，因為她怕會有「賊仔」。我結婚後她對我說：「某愛顧，老母也要顧！」從此我成了游牧民族，樓上樓下輪流睡。但是張小嚕出生後，我阿母忽然變得很勇敢，不怕「賊仔」，她要我每天陪太太睡，一起照顧好她的金孫最重要！——諸如此類的犧牲，不勝枚舉。

我阿母固然疼孫，但她疼愛孫子的方式，每每都讓我捏把冷汗。比方說，她想拿她正在吃的東西給金孫吃，以示疼愛，隨手就將雞肉、水果、零食撕成小塊塞進張小嚕嘴裡，也沒多想一下她的金孫牙齒還沒長齊，而且過硬的東西可能有窒息危險，所以我總得在她動手之前，搶下快要進到張小嚕嘴巴裡的東西。後來我阿母懂得變通，太硬既然危險，她就好心自己先咬碎些，再餵給金孫吃。這樣當然也不行，實在太不衛生了，她見我再三阻止，很不以為然，反駁道：「啊你小漢不是我這樣飼大耶？」又比方說我阿母看金孫越看越可愛，忍不住想要捏一下小臉頰，以示親暱，結果下手太重，張小嚕細嫩的臉頰登時紅腫、烏青，像是受虐；有時我阿母又忍不住，大嘴一張就像章魚哥一樣吸住張小嚕的小嘴，起先我也是如此，但妻看了書說：「大人嘴巴病菌多，小孩抵抗力不好，不能嘴對嘴親嘴。」夫妻倆只好改了這個壞習慣，換成閉嘴親臉頰。但這種「進步」觀念要教育我阿母可就難了，無論如何向老人家解釋就是解釋不通，只好緊迫盯人，趁她想非禮之前，及時移開她衝動的頭顱、扳開她熱情的雙唇，以阻止口水細菌入侵張小嚕。我阿母當然很不爽，抱怨道：「恁可以親，我就沒勢親！」我只好又不厭其煩向她再三請求，只能閉口親頰，不能張口親嘴，然後在我嚴格監視下，我阿母只能意猶未盡地親吻一小下。——所以不用想也知道，但凡讓我阿母逮到機會，如我上廁所、倒杯水、拿本書，拜託她稍微看顧一下金孫，她必定趁機而動，大張其口，一親「孫」澤。

我阿母是「囝仔性」。張小嚕開始嗯嗯啊啊學發聲音時，我阿母就已經和她的金孫溝通得很好了，比方說我阿母見到金孫就發出「殻殻殻」的聲音逗他，張小嚕一聽必定激動地扭直身子大笑，並發出「喀喀喀」的聲音回應；我阿母會再發出「喀喀喀」學他，張小嚕又大樂，笑不停，再又發出「價價價」熱情回應。祖孫兩人喀來價去，笑得停不下來，一直要到我阿母笑到肚皮快受不了了，這才喊停，我阿母邊揉著肚子，邊說：「這阿孫足巧，和我講這麼多話！」至於說了什麼話，恐怕只有他們祖孫兩人才知道。張小嚕長到十一個月大，開始會發出爸爸、媽媽的聲音後，有一天忽然對著我阿母喊了一聲「阿——，媽媽」，我阿母誤以為金孫叫她，樂得不得了。此後，逢人必說：「阮金孫有夠巧，這小漢就會曉叫我阿嬤，有夠鰲！有夠鰲！叫我阿嬤呢！」

又比方說，我阿母看到張小嚕吃嬰兒餅乾，她也吵著要吃；張小嚕長大些改吃星星餅乾，她也要吃，電視機旁還擺了好幾罐嬰兒餅乾當零食。妻特地為張小嚕買的積木，張小嚕還小，只會一根接一根地把積木從盒子裡拿出來，但我阿母以前沒玩過，一玩卻玩得愛不釋手，她還特地拼了一個歪七扭八的風車，送給金孫玩。

張小嚕還沒出生前，我阿母經常對我說：「我看我是吃未久囉，我以後若是過身，你就要給你爸先說乎好，叫伊來接我，不通到時乎我找無人！」但是自從張小嚕出生後，她就不再說這種話了，反倒經常問我：「我敢有法度吃到你兒結婚？」我聽了一愣，還沒想清楚該怎樣回答哩，老人家就已經自問自答起來：「我是一定欲吃到吾金孫結婚才也賽！我是一定欲吃到吾金孫結婚才也賽！」像是自己給自己打氣似地喃喃自語。我稍微算了一下，張小嚕出生時，我阿母已經七十歲了，她的金孫只要大學一畢業就結婚，也是二十二年後的事，那時我阿母就九十二歲了。九十二歲很好，這樣高壽參加自己孫子的婚禮，多風光啊！所以我就告訴我阿母說：「會啦！會啦！你一定會吃到恁孫子結婚的啦，到時還要給乎你坐大位咧！」

「我想也是！大位要坐得好好！」這是我阿母的信心。

從今以後，我知道她老人家會為了她的金孫，一直元氣淋漓，活得好好的。

輯一

小事

吻

打從我有記憶開始，幾乎沒見過父母手牽手。接吻，更是從未見過。即便說，平日我和我阿母頗為親近，能夠手牽手逛街，偶爾也擁抱擁抱，但若要親她，也不太可能，下意識覺得彆扭、尷尬。但自從我兒子（我阿母的金孫張小嚕）出生之後，情況就大不相同了。

我阿母對她的金孫可是又抱又親，毫無顧忌，經常大剌剌地嘴對嘴親。直到妻在育兒書上看到，嘴對嘴親容易把口中病菌傳染給小孩，才稍稍加以禁止，不然我阿母每天可都要親上幾十回才滿意。

但張小嚕長到一歲多之後，已經能化被動為主動。每回我們要離開樓上的阿嬤家，門口臨別，我會跟他說：「和阿嬤 kiss bye！」張小嚕立刻將小嘴唇移往阿嬤右臉頰，吻上一下，再移往左臉頰，再吻上一下。有一次，張小嚕在沙發上玩耍，我叫他親一下阿嬤，他立刻點頭說好，然後馬上翻身跨坐在阿嬤兩條大腿上，伸出兩隻小手，拉住阿媽的耳朵，然後用他的小嘴，直嘟嘟地往阿嬤的嘴上親去。

那個剎那，我阿母樂得直發笑，我卻感動得幾乎掉下淚來。——父親過世之後，甚至從我有記憶以來，三十多年了，從來沒有任何人，這樣主動親我阿母的嘴。

錢

君子愛財，取之有道。老人、小孩亦然。

我阿母即使算術不精，但她也清楚青仔面（我阿母對千元紙鈔的暱稱）比五百大，五百又比一百大，一百又大過一個個零錢銅幣；即使她壓根聽不懂「有錢能使鬼推磨，無錢寸步難行」這種俗諺，但她也知道悠遊卡裡餘額不足就啥公車、捷運也別想搭，錢包裡半個銅板沒有，就別想吃她最愛的雞肉、燙她最偏好的黑人米粉頭、再餵她歡喜的中正紀念堂前的鴿子。所以她很認命，知道週一到週五，她的心肝兒子必須去上班、去賺錢，她才能持續不斷地注入兩天一千元的穩定零用金，這五天她知道必須獨立自主，她只能在週六和週日纏著她的心肝兒子，——這才公道。

但張小嚕就不太容易明瞭。因為小孩天性，難免有分離焦慮，一旦和父母相處久了，短暫分開，小孩都要哇哇大哭的。好比我一大清早準備去上班時，張小嚕看見了就會撒嬌：「爸爸陪嚕嚕玩！」但看我仍繼續往門口走，他馬上著急大哭。每天上演這種劇碼總不是辦法，於是妻想出一個好法子，她給張小嚕上了一堂淺顯的邏輯與經濟學課。

如今我一早出門，張小嚕不再大哭，反而熱情道別說拜拜。這個時候，如果張媽咪問他：「爸爸上班是為了什麼？」他會回答：「嗯，賺錢錢。」「賺錢錢可以做什麼？」「嗯，買多多（養樂多）！」然後又認真想了一下，急忙補充：「嗯還有海苔，嗯還有牛奶！」這三樣，都是張小嚕的最愛。

祖孫愛財，同樣也是取之（他們的兒子或老子）有道。

彈珠

彈珠遊戲，千類萬種，我阿母卻只偏好景美夜市裡的小彈珠台遊戲。一個損丸大小的塑膠球，投入右邊孔洞，可用拉柄發射；投入左邊洞口，拍壓按鈕自動發射。塑膠球射入釘陣之後，跌入得分區，螢幕立刻奏樂跑燈。——非常無聊且幼稚的遊戲，價格卻昂貴，一盒五十，三盒一百。但我阿母樂此不疲，樂到幾乎每週必玩，偶爾雖然我也會陪她小玩一會兒，但絕大多數時間只在後面觀看。

張小嚕長到一歲之後，情況大為改觀。這小子居然無師自通學會了把球放進左邊洞口，拍壓按鈕，發射小球。從此之後，他已經成熟到可以和阿嬤一起並肩作戰，一球接過一球，全神專注（不像他老爸容易意興闌珊、中途而廢），同樣樂此不疲。然後，任誰都會輕易發現，彈珠台前有對祖孫，渾然忘我，散發著神奇光彩。

值得說明的是，我並不允許張小嚕獨自玩彈珠，他若想玩，必定得有阿嬤陪才

從❶到❹，分別為春、秋、冬、夏四季祖孫打彈珠之樂。

行，——因為我要讓他知曉，打彈珠是他和阿嬤共有的遊戲，缺一不可，阿嬤永遠是他打彈珠最忠實的玩伴，——將來，他也會知曉，那是他們祖孫倆永遠的記憶。

悠遊卡

悠遊卡是什麼東西？我阿母和她的金孫也不知道，這張可以自由搭乘台北捷運及公車的儲值卡，我阿母只管叫「卡囉」，她的金孫張小嚕則叫「嗶嗶卡卡」，前者是台語，後著則起因此卡經過感應器時會發出的嗶嗶聲。這兩個新詞彙，只流通寒舍，勉強可以稱為「家語」。

這兩張卡對這對祖孫異常重要，因為代表著可以出門搭公車、坐捷運，而公車和捷運恰恰好就代表著可以出去玩。於是「卡」就等於「玩」，「卡」成了「玩」的通行證與入場券。這樣才能理解，何以我阿母喜歡隔三差五地擔憂：「阿誠啊，我的卡囉沒錢囉！」我就得馬上趕緊幫她拿卡片去捷運站查看餘額，可明明裡面還有五、六百元，怎會沒錢？而且我阿母拿的是老人卡，裡頭每月有免費搭乘六十次的優惠，不太可能餘額不足。——只要轉念一想，就能恍然大悟，這不就是老人典型未雨綢繆的性格嗎？至於張小嚕，因為吾妻常帶他坐公車或捷運到公園或運動中心玩溜滑梯。久而久之，他堅持自己要拿「嗶嗶卡卡」通過感應器。習慣成自然，日後只要心血來潮，他就想拿「嗶嗶卡卡」，然後對著一切可能回應的東西，如電視、冰箱、車上的儀表板、高架橋上通過的捷運車廂或路上飛馳而過的公車……，意志堅定地把手中的卡片伸向前去，高聲大喊「嗶嗶」。

悠遊卡，意外洩漏了老人和小孩，心底最深的共同渴望。

信用卡

信用卡，這種現代金融交易新工具，完全超乎我阿母的理解能力，也超乎張小嚕的理解能力。但理解不了也沒啥關係，只要有一點點模糊概念就夠了。

這一點點模糊概念是啥？就是祖孫倆總天真以為：一卡在手，沒錢不用煩惱。

我阿母把悠遊卡、提款卡、信用卡這類長方形塑膠薄片，統稱為「卡囉」。頭一回，她和我到超市買了一大堆生活必需品，結帳時還不忘叨唸：「買這多，可能要開幾啦千塊喔！」收銀員算好帳，我打開皮夾，我阿母驚訝發現，皮夾裡竟空無一文，老人家特有的憂患意識馬上自嘴裡傾瀉而出：「我父我母，沒錢你也敢來買物件！」等我抽出信用卡，遞交收銀員，噹的一聲結完帳，我阿母還一臉茫然，急問：「你沒錢給人，要按怎？」我說沒關係，有卡囉就可以了啊。等收銀員把簽帳單拿給我簽名時，我阿母還在一旁好奇張望。等簽好名，收銀員將簽帳單連同信用卡還給我，我阿母趕緊借去察看，邊看邊忘情讚嘆：「這鰲，有這張卡囉，會曉寫字，買物件就不用錢囉！」

從此之後，但凡到外頭買東西，我阿母便肆無忌憚，隨手擺闊，我對她說：「錢不夠付啦！」我阿母倒是豪爽：「你有卡囉，驚什麼！」當然，我不只一次試圖和我阿母解釋，卡囉的錢，日後還是得掏錢買單。但這已經完全超乎我阿母的理解能力，她親眼所見明明只要掏出卡囉，簽上幾個字，「卡」貨兩訖，哪裡還需要錢？至於背後運行的金融交易制度、信用卡運行規則等等，她看不著，自然無法想像，更無從理解。

我阿母想法如此，便不難理解她時不時就囑咐我辦一張卡囉給她用，我說你又不會寫字。她說，你教會我就行了啊！（我阿母大字不識一個，要是教得會，六十年前早就學會了）我說，你學不會的！我阿母一聽，有點兒動氣了：「我就知啦，你就是鹹不甘乎我開！辦一張卡囉給我也不甘！」

張小嚕在一旁觀看，慢慢也感受到信用卡的魅力與威力。有一回，他希望我不要去上班，留在家裡陪他玩。我跟他說，爸爸沒有去賺錢，就不能買你最愛喝的牛奶和多多喔！張小嚕很有決心，說他以後不喝牛奶、也不喝多多了。我又說，爸比沒有賺錢，你以後就不能看巧虎了耶！張小嚕答得巧妙：「可是巧虎都是自己寄來的耶！」（讀者千萬不要聯想起晉惠帝的故事，那只能證明小孩子都很天真而已）我說，巧虎也是爸比付錢，它才會寄來我們家喔！

這時張小嚕便和他阿嬤一樣天真起來，笑嘻嘻地說：「沒關係，用信用卡刷卡就可以了啊！」

筆

我阿母目不識丁，她兩歲多的金孫當然也識不得字，可偏偏奇怪，祖孫倆卻喜歡拿筆、寫字。

我阿母之所以開始拿筆寫字，起因《我的心肝阿母》出版後，淡水友人隱匿夫婦開設的書店「有河 Book」，特地為我阿母舉辦了一場握手會。握手會前幾天，路上忽有人拿書請她簽名，她說她不會，最後讓我握她的手幫她簽了名。回到學校後，我阿母說她想學簽名，我便把她的名字「阿葉」寫在空白 B 4 影印紙上，讓她在一旁自己臨摹練習。——我當然知道她學不來，但千萬不要壞了老人家興致。於是過了兩個小時之後，我阿母一語未發（打破她自己靜默的金氏世界紀錄），居然把六張 B 4 白紙正反面，密密麻麻寫滿了埃及象形文字。然後她吐了一口氣，抬起頭，說：「喔，寫字很累耶！比拔土豆還累！喔，我以前都不知道寫字這麼辛苦！」

我阿母的金孫，就還體會不出這層辛苦。當他拿起筆，幾乎無物不可書寫，書桌、螢幕、冰箱、白牆，興之所致，隨意塗鴉。今年寫春聯時，他也跑來幫忙，拿起毛筆亂畫春聯紙。正當他渾然忘我之際，我問他：「你要不要寫個『春』字。」他馬上點頭說好，認真寫將起來，亂畫一通之後，這才滿意地點頭，說：「好了！」

這對祖孫，如出一轍，一旦拿起筆，即使目不識丁，但他們專注認真之神情，卻絲毫不亞於任何一個大學者、大作家、大畫家或書法家哩。

張小噌無物不可寫，興之所致，隨意塗鴉。

肉

我阿母愛吃肉，尤其雞肉，餐桌上若少雞肉，老人家吃起來就不太爽快，直抱怨：「真儉！」意思是說，寒傖過甚。

張小嚕剛開始吃起牛奶以外的食物，頭一個最愛就是「紅蘿蔔」，也許色彩鮮豔，又有些甜度之故。第二個最愛是「花椰菜」，或許因為造型可愛，頗吸引小孩注目之故。第三個最愛是「絲瓜」，也許是入口清脆之故。張小嚕愛之念之，就用他還不甚流暢的表達能力，各自給取了一個暱稱：蔔、花花菜、瓜瓜。

我阿母見她的金孫，居然著迷於尋常蔬果，頗不以為然，以為可惜，未見高明之境界。於是，趁著我和妻不注意時，偷偷餵了一些雞肉、豬肉、肉乾給張小嚕吃。張小嚕舌尖自此嘗到了肉之飽滿油脂，感覺到了鮮嫩及甜美，很快地他就把蔔、花花菜、瓜瓜，統統打入冷宮。每回吃飯，他見到清香瓜蔬已不再感到清香，他會搖頭，然後大喊：「肉肉！我要吃肉肉！」

　　這是我阿母一次偉大勝利，她讓她的金孫和她站在同一「肉」線。不過，很快他們就會自食「肉」果，——因為，便秘，會不斷提醒他們，「肉」友並不那麼容易相處，——食之痛快，「洩」之卻格外艱辛也。

屁

這是什麼屁文章？千真萬確，是屁文章。

我阿母自從每天加吃了三顆（早一晚二）降血糖的小白丸之後，屁，隨之而來，並且滾滾不絕、聲勢浩大。這三顆不起眼小白丸，除了主功能降血糖之外，還有點兒副作用：脹氣、輕微腹瀉。輕微腹瀉恰好天衣無縫地解決了我阿母嗜肉而容易形成的便秘，老人家因此大量減少了「放屎比生孩子還艱苦」的辛勞了。但脹氣，卻是無可奈何的附贈品。因為腹中之氣一旦腫脹起來，除了肛門，無處可解。大凡君子淑女之排氣，喜歡緩挪臀肉，務求徐徐出之、清靜無聲為宜。但老人可沒這一屁股好本領，加上副作用而引發之脹氣往往來得凶猛，遂造就出我阿母「不擇地而出」、「堂皇響亮」的屁風，其熱鬧不亞於歡迎元首之轟響禮炮。起初我阿母頗自覺不好意思，每放屁，必尷尬大笑：「又在放屁囉！」時間一長，頻率仍不變，老人家難免納悶：「這屁，是放不停喔！」

張小嚕自然還不懂得屁，因為過於「抽象」，不易理解。但是，有一天我們全家四人都在電梯內，張小嚕忽然放了個響屁，他立刻抬起頭來，哈哈大笑，昂聲道：「嚕嚕放屁！嚕嚕放屁！」——他是那樣開心，因為他終於懂得什麼叫做屁了，並且一定要學阿嬤縱聲大笑，因為阿嬤讓他隱約察覺，放屁，是一件很爽朗的事。

屁股

屁股，好像不該拿來寫，比較適合拿來打（對張小嚕而言確實如此），或者更適合拿來排解（如祖孫都愛放屁、愛順溜大便），但對祖孫倆而言還有另一層的親密之處。

張小嚕包尿布，天氣太熱，時不時就誘發尿布疹。尿布疹一發，灼熱痛癢難耐，便下意識用手搔撓，蚪屈著身子，動作滑稽、古怪、不雅。這時就得幫他塗點藥膏治療，趁洗好澡，光溜著身子，讓他趴在床上，扒開小屁股，在肛門四周塗藥。當藥膏接觸到肛門時，只見肌肉時緊時縮，張小嚕咯吱咯吱笑，身子扭動，然後回過頭來說，「唉呦，唉呦，唉呦，好癢喔！爸比，好癢喔！」

我阿母牙齒稀少，酷嗜雞肉，便秘便如影隨形，揮之不去。便秘一久，肛門容易裂傷、出血，看了醫生，開出藥膏和塞劑。我阿母當然不可能自行塗藥，只好讓相依為命的兒子我來效勞。於是，我阿母雙手自行扶住床沿，我將她的長褲脫下，戴上醫療用塑膠手套，然後扳開我阿母鬆垮的雙臀，再將猶如一枚子彈的塞劑取出，對準肛門，緩緩塞入。一開始我沒有經驗，塞劑推到底，馬上放手，沒想道塞劑馬上從槍管彈道內自動滑出，還得急忙捏住，以防掉落，只得再次重新上膛。後來有了經驗，知道塞進後，還須得寸進尺，用手指深入腹地約零點五至一公分，塞劑才會自動進入滑行軌道，滑至肛門深處，順利發揮藥效。這中間的過程，我阿母和張小嚕一樣，會扭動身子，也會喊：「唉呦，唉呦，唉呦……。」

有一回張小嚕問我去樓上做什麼，我說去給阿嬤擦藥。擦什麼藥？擦屁股的藥。張小嚕大笑，直說：「擦屁股的藥！哈哈哈……，阿嬤也要擦屁股的藥。」然後就在我打開門時，張小嚕喊道：「唉呦、唉呦、唉呦……。」——這箇中滋味，也只有祖孫倆才有深切的共鳴啊。

紙尿布

我阿母因糖尿病之故，經常頻尿。頻尿到最後，漸成心理負擔，常是剛才尿過，轉眼之間又想尿了，很是困擾。

於是我幫她買了幾包不同款式（分男女、褲型、包覆型）、不同國家（日、中、台）的成人尿布，但老人家卻說什麼也不肯穿。

不過自從她的金孫出生之後，她發現金孫也穿尿布，模樣也挺可愛，就比較願意嘗試穿上尿布（也許因為穿尿布有伴了，比較不孤單、不顯得怪異）。每當假日我們全家開車出門玩時，她就會穿上尿布。雖然到了目的地，她一滴也沒尿在尿布上，我問她，她說：「放在尿布，我就不知道要怎麼放出來了！」不過還好，穿上尿布的確減輕我阿母心理不少負擔，原先一路上總該尿個兩三回的，如今卻一回也不用尿了。

我阿母頻尿影響最大的是睡眠，酣睡正濃，忽然尿意洶湧，波撼夢境，起身如廁頻繁，很是辛苦。我勸她晚上穿尿布睡，她堅決不肯，直說：「放在尿布上，臭騷騷！」我忽然直覺想起，先父晚年時也包尿布，我阿母是不是聯想到這件事，卻不肯明講。——一時讓我驚覺，老人和小孩包尿布的心境是截然不同，小孩無知，老人卻是百般掙扎、千般滋味啊！

嬰兒車與輪椅

嬰兒車和輪椅，看似兩品，實為一物。——這是我在動物園裡頭突然領悟到的道理。

張小嚕還不太能走長路，我們全家到動物園玩，自然必須推嬰兒車入園。進到門口，我阿母破天荒讓我去借了部輪椅，好應付坡度極高的遊園路線。押了證件，借得輪椅，我阿母坐上之後，我特地讓她和張小嚕並排，拍了一張紀念照。拍完後，她頗感不好意思，不斷叮嚀，若有人問起，就說她膝蓋不好，沒辦法走太遠，才坐輪椅。——這話很耐人尋味，在她觀念裡大概老人才坐輪椅，她自覺不老，年紀輕輕居然學起老人坐輪椅，才尷尬成那樣。

我阿母噸位不輕，在動物園內幫她推輪椅，上坡吃力、下坡耗勁，推得我是氣喘嘘嘘、汗流浹背。某個當下，我突然領悟到，原來小孩用嬰兒車代步，年老力衰的老人則以輪椅代步，兩種都是同樣的東西，四輪一座，名異實同。就在我像哲學家領略某種自以為高明的奧旨，張小嚕已經看完長頸鹿，突然掙開了媽咪的手，搖晃到阿嬤的輪椅後，一雙小手撐著輪椅背板（因為搆不到把手），認真地說：「嚕嚕推推！」

明眼的人都知道，這小子想幫他老爸，為阿嬤效點勞。

牙齒與剪刀

張小嚕剛出生時，我阿母仍保有十顆牙齒。但當張小嚕冒出兩顆門牙時，我阿母卻又折損了兩顆，只剩八顆，不過總數上還是小贏了她的金孫。所以我阿母還能嘲笑張小嚕是：「兩齒仔！」

兩齒仔的張小嚕開始吃起牛奶以外的東西之後，張媽咪就為他買了一把「小剪刀」，專門幫他把過大、過硬的食物，剪成細塊，方便他咬嚼咀嚼。

後來張小嚕一口氣冒出十來顆牙齒，我阿母卻又因牙周病之故折損了四顆牙，口腔只剩四顆。張小嚕遂以壓倒性之姿擊敗了阿嬤的牙齒總數。我阿母也就變得越來越難吃過硬的東西。然後，張媽咪也幫我阿母買了一把小剪刀。

在我阿母還沒有進入剪刀時代之前，我曾經嘗試把肉或菜用果汁機打成泥，方便她老人家入口。但我阿母嘗了一口，就不吃了。她抱怨說，親像吃「屎」。但有了剪刀之後，菜肉被剪成細塊，她就比較好入口，而且毫無骯髒聯想。

有一回，客廳內只剩我們三個人，我和我阿母坐在沙發上看電視，張小嚕則跑來跑去玩耍，忽然衝到我們面前，拿出一把他在桌上摸到的剪刀，——我大吃一驚，那可是危險物品，下意識就要起身奪下。——張小嚕卻露出滿口新牙，開心地說：「剪剪，給阿嬤吃！」

這小子，沒想到這麼小就懂得體貼人了！

剪腳趾甲

我阿母右腹脅斷了兩根肋骨，原因是我擁抱她時用力過猛，啵，一聲，銀瓶乍迸，肋骨就硬生生給抱斷了。

肋骨斷了，疼痛自不待言，百事也就難以周全。一日，我阿母忽要求幫她剪腳趾甲，因為若是自行彎腰下剪，肋骨屈折，疼痛加劇難當，說不定連左邊肋骨也跟著斷了。頭一回我沒經驗，取出指甲剪逕行開剪，想不到老人家腳趾甲既厚且長，下剪不易。加上我阿母患有糖尿病，末梢腳趾尤其必須當心，隨便剪出個傷口，感染起來，小則發炎，大則節肢，不可不慎。我小心翼翼剪了幾片趾甲下來，這才發現腳趾溝藏汙納垢，臭味濃重，勢不可擋，只得「屏氣凝神」，仔細翻轉下剪，約莫二十分鐘，才終於剪妥十根腳趾，大功告成。

過了好一陣子，我阿母肋骨痊癒了，但她喜歡上了給人修剪腳趾甲的禮遇，遂又央求我來剪。第二回，鑒於上次經驗，我趕緊穿戴起塑膠手套，張掛起口罩，全副武裝，戒備謹慎，居然沒多久就俐俐落落剪出一腳清爽齊整了。

又過了一段時間，我阿母腳趾甲又如春草滋長，再度開口央求。好巧不巧，那段時間我異常忙碌，拖延了幾日。有天晚上，回到家，我阿母說有人已經幫她剪好了。我大吃一驚，心想居然還有人比自家兒子順心，該不會是什麼慈善宗教團體吧？我阿母說得口沫橫飛，說剪之前還先讓泡溫水（後來才從妻口中得知溫水可以軟化趾甲），剪的時候還邊剪邊按摩，剪完後更是親切噓寒問暖。我止不住好奇問是何人，我阿母答以「剪頭鬃的頭家娘！」我疑惑地問：「頭家娘這呢好心？」我阿母開心地說：「對啊！才收三百元而已！」——天啊，原來是要收費的啊！

後來，我阿母只要開口要剪腳趾甲，我一定立刻伺候，分秒不敢耽擱，因為她付出去的錢，可不都是我給她老人家的？剪個趾甲，能賺回三百，何樂而不為？況且省下三百，除了有讓我盡孝心的機會外，我阿母還能用三百多吃幾頓好料或多買幾件衣服，豈不更好！

這回，我又在客廳幫我阿母剪腳趾甲。戴上手套，卸下口罩（因為覺得有點兒太不尊重我阿母的感受），動手開始剪了。原在一旁奔來跑去的張小嚕忽然好奇黏過來，察看了一會兒，他就要搶走指甲剪，說：「爸爸，我也要幫阿嬤剪剪！」——這當然不行，真剪下去，我阿母說不定就得截肢了。我告訴他說：「等嚕嚕長大了，以後就給你剪喔！」張小嚕很高興，直點頭。

妻在一旁，用手機把祖孫三代剪腳趾甲的畫面拍下來，我們全家都很喜歡這張照片，因為那是從腳趾頭連通到心頭的快樂照。

從腳趾頭連通到心頭的快樂。

腰帶

我很少使用腰帶，年輕時腰細，胯骨突出，自然就卡住整件褲子。年紀漸長，腰圍漸壯，胯骨漸被鮪魚肚包覆，不使用腰帶，整條褲子就毫不客氣往下溜。

這一天晚上，我正解開皮帶，張小嚕瞧見，便好奇問：「那是什麼東西？」我說：「這是腰帶。」一邊解說使用方法，一邊示範。張小嚕說，他也想試試，我便幫他繫上腰帶，張小嚕的腰圍太細，皮帶穿孔不能固定。試完後，我又拿起褲帶尾端，使勁拍打在沙發上，發出結實有力的啪搭聲，對張小嚕說：「爸比小時候不乖，爺爺都用這個打爸比，你要不要試一試？」張小嚕直搖頭，退後一步，說：「不要！不要！不要！」我走向前，用雙手緊緊擁抱張小嚕，說：「這個時候，十樓阿嬤都會跑過來這樣抱住爸比，保護爸比喔！」

過了一小時，我幫張小嚕洗澡，張小嚕在澡盆泡水，忽抬起頭對我說：「爸比，爺爺打你的時候，十樓阿嬤會保護你喔！」然後又說：「我也會保護你，媽咪也會保護你，旗山阿公也會保護你，旗山阿嬤也會保護你，姑婆也會保護你，惠婷阿姨也會保護你……。」最後張小嚕很篤定地做了結論：「我們都會保護你喔！」

地動

地動天搖，這個詞拆開之後，前面兩個字「地動」，恰成台語表達「地震」之意。我們家住在高樓，若發生地震，我阿母總是非常緊張，焦急喊著：「壞啊，壞啊，地動囉，不知影這棟樓會倒否？」這是老人家常有的憂患意識。

張小嚕對待地震的心情，明顯和阿嬤不同。

這一天，張小嚕和張媽咪去公園玩，途中看到一樣東西，馬上脫口而出四句短詩，讓張媽咪讚不絕口。詩是這樣：

一隻鸞停在人行道上
原來它是一片樹葉
小壁虎爬欄杆，爬很高，爬很高

原來他是張小嚕

晚上回到家，張媽咪轉述張小嚕的最新創作，又請張小嚕再次朗誦給我聽。張小嚕旋即慎重其事朗誦，到第三句時，忽發生地震，張小嚕馬上停止，向後舒服地躺進沙發，並轉頭對我說：「爸比，先不要唸，我們先來享受一下地震吧。」

張小嚕之臨危不亂，泰然自若，似此。

地理觀

我阿母算台北新移民，從雲林鄉下遷來，不過十年多一點時間。為了適應新環境，我把台北所有能玩的地方幾乎都帶她玩遍了。

遊玩的過程，她在車上的提問，經常顯露出我言詞之貧乏與溝通能力之薄弱。好比說，我們剛從木柵家中出門，過了辛亥隧道不久，我阿母必問：「這是哪？」我隨口回答：「公館。」——等等，阿母只讀過兩年國小，歷史和地理還來不及照顧過她的大腦，所以我阿母當然聽不懂也。不過我阿母頗為好學，急忙追問：「公館在哪？」這是個很難的問題，當我正琢磨著該回答「木柵以北」、「台大所在地」，還是「隧道旁邊」時，我阿母已經抱怨起來：「不是說要去台北玩嘛，來公館做什麼！」然後我阿母就把這兩個問句「這是哪？」「□□在哪？」一路換成古亭、圓山、士林、北投……，滿路追問，讓人難以招架。

張小嚕就很不一樣了。上車前，他會把尾音拉得又高又捲，問：「要去哪兒？」然後認真坐在後座，專注看著前方，遇上十字路口，他便挺直身，伸出右手，急忙說：「直走直走，左轉左轉、右轉右轉。」這時候問他：「你知道路嗎？」他會堅定地說：「知道。」再問他：「這樣走對嗎？」他也很堅定地說：「嘿哪！」

這樣就能想像，我們全家出遊時，車內的盛況了！

相思

我阿母長期與我同住，天天碰面，習以為常。偶爾遇上我獨自出國，小別數日，待回到家門，老人家不是坐在大樓門口翹首盼望，就是躺在客廳沙發或寢室眠床凝想出神，意外得見（因我阿母完全搞不清楚我何日回家），既驚且喜，趕緊立起身來，興奮地拉著我的手（有時還喜極而泣），過了好一會兒，才終於把話說出口：「去那久，攏不知，我足想你呢！」

張小嚕頭一天上幼兒園，我陪他在教室玩了好一陣子，臨走，忽然拉住褲管不讓離開，見我絲毫沒有停留的意思，旋即焦急不安，頃刻間大哭了起來。老師交代千萬不可藕斷絲連，倘如此小孩更加難受。我只好頭也不回地假裝毅然決然離開（其實內心何嘗捨得呢），直到門口還聽得張小嚕哭聲，震天動地嘶吼著。——終於捱到下午去接他，老師取出髒衣服，說是哭到吐，穢物沾染。如此過了兩三天，情況略好轉，第四天我又去接他，他在車上很不好意思，小聲說：「爸爸，我今天有哭哭喔！」我問為什麼？他低著頭，很害羞地說：「因為想你啊！」

祖孫表達從不拐彎抹角，了當，直接。於是，我成了最幸福的兒子，最幸福的爸爸，讓兩代的濃濃思念，緊緊擁抱。

我成了最幸福的兒子、爸爸。

輯二

小情

夢

祖孫頻入夢。

祖孫頻入夢，是真作夢，不是假造夢；日有所思，夜有所夢。

我阿母最常夢見我父親。父親過世多年，我阿母還是三不五時夢見他。我阿母之所以能有今日順遂人生，著實讓蔥子寮的左鄰右舍羨慕「番葉仔嫁外省尪，真正有夠好命」，全然都是因為我父親的緣故。父親臨終前，什麼都沒認真交代，唯有一事放心不下，他生前就經常講兩句讓我阿母非常不爽的話：「你若死在我頭前，才會好命。」（沒錯，父親是少數會講台語的外省人）這是他老人家飽經憂患時代所鍛鍊出來的未雨綢繆之心，他很想一輩子好好照顧自己的傻妻，但是很顯然老少配的現實絕難達成，他還想得更遠，想到自己小孩將來未必有能力、有能力也未必能像他一樣照顧傻妻這般細心周到、如此無限包容。當然，他也想到如果可以自己來照顧就不會造成小孩將來過多負擔，才會說出這樣看似無情，實則充滿深情之語（大約和二姐江蕙所唱〈家後〉「我會給你先走」的心情一模一樣）。父親臨終前，知道無能為力了，於是把這件放心不下的事，轉託給我：「你母親縱使有再多不是，到底還是你的母親，你必要好好照顧她一輩子才行。」

我阿母又夢見我父親，醒來後告訴我，就說：「又再夢見你爸，咱這週日休睏，來去山頂給你老爸燒金！」——雖然我阿母搞不清楚很多事，但只有一件事她從不糊塗，那就是在這個世界，對她最好的人，除了我爸，再也沒有其他人可以相比了。

張小嚕到了四歲，開始作夢。準確說，是他意識到這是夢，而且還能說出夢境。

一開始他之所以印象深刻，實因夢境可怖之故。比如說，他夢到張爸比被電梯夾到，很緊張，焦急大喊：「大家注意！」（讀者一定好奇，怎麼會這樣喊？但如果大家知道張小嚕是公車控，喜歡拿麥克風廣播，就知道他正在廣播「緊急狀況」）可是沒有人來幫忙，張小嚕又拉不動電梯門，越發著急，不知如何是好，結果就醒了。醒來後，張小嚕轉述夢境給張媽咪聽之後，說：「我不喜歡作夢，為什麼我會作夢啊？」張媽咪回答：「日有所思，夜有所夢。」張小嚕問這兩句話是什麼意思啊？張媽咪解釋之後，張小嚕聽懂了，馬上聯想到：「我知道為什麼會作這樣的夢了，因為張媽咪在新加坡時，曾經被電梯夾到啦，哈哈哈！」張媽咪說：「以後你只要想快樂的事，就會作快樂的夢啊！」

果真如此，一大早全家還在睡夢中，就聽見旁邊傳來格格笑聲，我轉身看張小嚕，張小嚕雙眼緊閉，嘴角上揚，正格格笑著。過了一會兒，他醒過來，我問他笑什麼？他說：「爸比，我作了一個很好的夢喔！」我問什麼夢？他說：「夢到我們全家都被恐龍吃掉，孫悟空從嘴巴進來救我們，然後幫我們從肛門逃出來，哈哈哈。出來後，恐龍又一直吃我們，孫悟空又一直把我們從肛門救出來。」

我問：「恐龍不累嗎？」

「不會啊，因為牠是機器恐龍啊！」

張小嚕補充道：「後來，恐龍不吃我們了，我和阿嬤就坐上我們家的老爺車，車頂上有個大破洞，我和阿嬤一起撐一支大雨傘，爸比你就開車載我們去海邊玩沙沙了啊。」

張小嚕最後做了簡短結論：「這是一個好夢喔！」

祖孫都愛好夢，夢見他們最愛之人、最愛之事。

極短夢

張小嚕早上醒來說：「爸比，我作了一個很好的夢喔！」

什麼夢？

「我夢見英文老師會講中文了！」

這是全英語教學的後遺症嗎？

抱抱

前幾天帶我阿母看完醫生，回到家，下樓前我特地抱了一下老人家，又親了一下臉頰和額頭。

前天下樓前也抱了一下，昨天也是。

今天陪我阿母吃晚餐，看電視，貼藥膏，擦藥，包藥，洗碗，曬衣服，我趕著下樓去改明天學校要抽查的週記，東西收一收，走到門口，準備關門，我阿母和平常一樣走到門口送我，順便鎖門，這時忽然說：「你那沒給我攬一下？」

我趕緊抱一下。

我阿母馬上說：「我就知影你最疼我。」

這一天，張小嚕又亂發起脾氣，從前我會凶巴巴制止他，命他不能亂生氣。若是不聽，還胡亂生氣，我還會處罰他。但是作家李崇建教我薩提爾方法之後，我就經常和張小嚕好生溝通。

我說：「你可以生氣，因為每個人都會生氣，一定有什麼事讓你生氣？我很好奇，是什麼讓你生氣了？」張小嚕嘟著嘴，不回答。

我又說：「沒關係，爸比讓你生一下氣，等一會兒，爸比再問你好不好？」

過了一會兒，我問：「張小嚕，你現在有沒有比較不生氣？」張小嚕搖搖頭。

我問：「你生氣那麼久，身體有沒有哪裡不舒服？」張小嚕慢慢舉起手，指著脖子。

我說：「是不是脖子很痠？」張小嚕輕輕點了頭。「張小嚕很棒喔，願意告訴爸比脖子很痠。因為生氣，會讓身體很緊張，一緊張，身體就會有地方很緊繃，緊繃久了，就會痠痛喔！爸比，很好奇，你在生氣什麼？」

張小嚕慢慢開口道：「阿嬤不讓我看電視！」

我問：「阿嬤，為什麼不讓你看電視？」

張小嚕說：「因為阿嬤要看三立電視台台語節目！」

我說：「阿嬤想看，你也想看，那要怎麼辦？」張小嚕又不說話。「是不是可以和阿嬤溝通，阿嬤比較大，是不是應該讓阿嬤先看一下，再請阿嬤讓你看一下？」張小嚕點點頭。我說：「你現在想不想讓爸比抱一下？」我伸出雙手，等待。

張小嚕又嘟起嘴，說：「要啦！」他慢慢走過來，我們父子倆擁抱在一起。

——這對祖孫都一樣，深切渴望，愛的抱抱。

親一下

這一回是趁南投學思達工作坊之便，順道帶全家到妖怪村去玩（又是我去工作，全家去玩，不然他們太可憐了，假日我常不在家）。

晚上，把這個好消息先告訴我阿母。

我阿母一聽可以出去玩，而且還可以住兩天飯店，笑得合不攏嘴，直說：「生你這個子有值！」

我阿母有多開心呢？從講完上面這句話，她還緊接著下面這句之前從未說過的話，可以看出一些端倪：「來，給我親一下！」

我原本就期待我阿母會出現如此開心模樣，但完全沒料到老人家會開心成這樣，一時還沒反應過來，只見我阿母已經笑瞇眼，墊起腳尖，昂起頭，嘟圓了嘴唇，朝我親過來了；我也是直覺反應，馬上低下頭，嘟起嘴，準備「相親一下」。——但世界上就是有這麼奇妙的時刻，就在僅剩一公分距離的剎那，我忽然害起臊，稍稍把頭縮回來了一點點，然後把頭轉向右，只讓我阿母親了一下左臉頰。

我阿母還是笑瞇瞇，只是有點兒納悶：「奇怪，恁子可以和你親嘴，我就不行？」

我相信，我在張小嚕這個年紀的時候，我阿母一定也是和我親張小嚕一樣，盡情地親我，她一定回想起那些遙遠的、久長的美好過去時光吧，所以她在極度開心之餘，忽然就擺脫了一切多餘的顧忌；但是她的兒子暫時還擺脫不了，就成了一種遺憾。——這種遺憾，等到某一天，張小嚕長大了，他也開始把臉別過去，不再讓我親嘴了，我才能真正體會我阿母昨晚的心情。

故意和不小心

我們家是有體罰的。

有體罰不代表不人本，沒體罰也不代表就人本。事實上，兩者還經常倒反。有體罰的反而人本，沒體罰反而更不人本。

我們家的體罰，是家傳。小時候若不小心犯下大錯，父親都是先讓在電視機前罰跪一至兩小時，再掏出腰間皮帶，狠狠往咱家屁股上伺候，要我痛在身上、記在心裡。

起初，吾妻是看書教子，傾向愛的教育、傾向人本。不用多久，她就發現還不會說話的小孩子難以溝通，會說話的小孩又經常有理說不清，可有些危險行為必須及時禁止，例如碰觸滾燙熱水、拿東西丟電視、攀爬書櫃等等——這時就必須略施薄懲。

起先，妻都是先口頭勸告，若再犯便直接打屁股。但張小嚕屁股上有紙尿布包住，打再用力也沒啥感覺，他還誤以為媽咪同他玩，嘻皮笑臉著，因此錯誤行為非但不改，有時還變本加厲。這時，我提供了另一種體罰，捏捏，逕往張小嚕的大腿外側捏下，張小嚕登時臉色糾結，眼淚奪眶而出，不久之後便開始哇哇大哭——終於，張小嚕「切身」體會到了痛楚，體會有些事是不能任性妄為，而必須有所顧忌。

當然，我們夫妻倆不是動不動就體罰，可以言語溝通則溝通之、可以自行改過則改過之，何勞體罰上場？但屢勸不聽，怙惡不改，如果體罰能夠喚醒自覺心，則何必吝嗇體罰呢？——當今學校教育，把零體罰（為成績而體罰當然不好）視為進步象徵，我是怎麼看都覺得有問題。

張小嚕有時不小心犯下錯誤，比如說不小心把手機從桌面上摔下來，他會緊張兮兮地看著張媽咪，張媽咪會跟他說：「是不是不小心的，如果是不小心的，就沒有關係！」但有些時候則是張小嚕在耍脾氣，好比說故意將碗裡的菜夾出來堆在桌上，張媽咪這時候會先行口頭警告，警告不聽，便逕往大腿捏去了。

張小嚕在體罰的規範下漸漸地有了規矩。有一天，他看阿嬤吃飯時鬆掉了湯匙，翻在地板，摔出極大聲響。張小嚕趕忙追問媽咪：「阿嬤是不小心的？還是故意的？」張媽咪說：「阿嬤是不小心的！」張小嚕鬆一口氣似的，對阿嬤說：「不小心的，不用捏捏！」

愛好與取悅

張小嚕問：「爸比，你知道你最喜歡什麼嗎？」
我很好奇，是什麼？
「垃圾啊！」
「我什麼時候喜歡垃圾！」我反駁。
「有啊，你不是最喜歡古董，媽咪都說那是垃圾嗎？」
我鄭重澄清：「是古董，不是垃圾！」
張小嚕又問：「爸比，那你知道張媽咪最喜歡什麼嗎？」
我搖頭。
「張媽咪最喜歡買衣服啦！」——這是張小嚕陪張媽咪去百貨公司最不耐煩之事，他在不耐煩之中發現了張媽咪樂此不疲。

「爸比，那你知道十樓阿嬤最愛什麼嗎？」

我假裝不知道。

「十樓阿嬤最喜歡錢錢啦！」

張小嚕又問：「爸比，你知道我以後要怎樣讓你開心嗎？」

我很想知道。

「以後我要開一家古董店，讓你每天都可以買垃圾，不是啦，是買古董啦，哈哈哈！」

「爸比，那你知道我以後要怎樣讓媽咪開心嗎？」

我問，這麼難，如何能做到？

「簡單啊，只要每天陪媽咪去百貨公司買衣服，而且我在旁邊安靜不吵，就好了啊！」

「爸比，那你知道怎樣讓十樓阿嬤開心嗎？」

我問，怎樣做到？

「很簡單啊，只要每天給阿嬤錢錢就好了啊！」

逗阿嬤笑

張小嚕再次陪我去演講，雖然演講過程跑來跑去，表現過度活潑，但還是耐住性子，從頭到尾陪了我將近四小時，並且一直提醒我，演講不能再用填鴨教育了，記得要用學思達喔（張小嚕聽過太多次我講學思達了）。——所以講完之後，值得好好嘉許一番，我馬上帶他直奔台北後火車站，東東玩具城，買答應送他的樂高積木，火箭系列。

到玩具城之前，張小嚕和我先在巷子內吃日本壽司，張小嚕邊吃邊說他再也不喜歡十樓阿嬤了。——這是我阿母很辛苦的地方，她從小就不知道如何正確與人相處，時常與鄰人齟齬，更不用說懂得該如何和小孩子良好相處。

我說，十樓阿嬤是我的阿母，不管怎樣，我都很愛她。

張小嚕說，可是我不喜歡她，也不喜歡逗她笑了。

我一聽這話有意思，趕緊反過來問他：「張小嚕，請問你怎樣才可以逗阿嬤笑？」

張小嚕抬頭說：「很簡單啊，只要到了十樓，看見阿嬤，大聲喊一聲阿嬤，阿嬤就很開心了啊！」

確實如此，我阿母只要看到張小嚕，聽見張小嚕願意叫聲阿嬤，老人家就已經樂不可支。

我再問張小嚕：「那要怎樣，才能逗阿嬤笑到東倒西歪呢？」

「很簡單啊，只要阿嬤碰到我，我假裝很痛，假裝昏倒，阿嬤就會笑得吱吱叫啊。」

我再問還有其他方法嗎？

張小嚕想了想，說：「簡單啊，我只要學阿嬤笑，阿嬤聽到我學她笑的笑聲和樣子，就會笑到停不下來，笑到東倒西歪，笑到肚子痛啊！」

我話鋒一轉：「張小嚕，你逗阿嬤笑，阿嬤笑得東倒西歪，你不覺得阿嬤很可愛嗎？」

張小嚕歪著脖子，說：「爸比，我覺得你每次，好像都幫『你的阿母』講好話耶！」

生日禮物

「爸比，你要的生日禮物太難了啦！」張小嚕洗好澡，我幫他吹頭髮吹到一半，忽然他抬起頭，面露難色。

我問為什麼？

張小嚕說：「因為你說，你要的生日禮物是：我和媽咪和十樓阿嬤都開心！」

嗯嗯。

「可是，阿嬤今天又捉弄我，我捉弄回去，結果十樓阿嬤不開心。」

我說：「那你就不要捉弄回去啊！」

「可是如果我不捉弄回去，我會不開心耶。所以，我說，你要的生日禮物太難了啦！」

「那你現在還愛十樓阿嬤嗎？」

「不愛！」

「可是爸比很愛十樓阿嬤喔！」

「我知道啊，因為她是你阿母啊！」

「她是我阿母，所以我愛她；可是她是你阿嬤啊，——」我還沒講完，張小嚕就接著說：「我不愛她！」

我說：「你知道阿嬤為什麼會這樣嗎？」

「我知道啦，你又要說阿嬤沒有讀過書，阿嬤的爸比很窮，沒有錢可以讓阿嬤去上學，所以才這樣。——可是，爸比，我沒有讀書也不會像阿嬤這樣啊！」

我知道早晚必須面對張小嚕懂事之後，慢慢發現他阿嬤難以理喻的個性，我必須妥善處理，——一般人不太可能接受我阿母這樣的個性，除了她老公和她兒子，現在可能又要加入一個張小嚕。

「你很棒才能做到這樣啊！可是就算阿嬤沒辦法做到，爸比還是照樣愛她喔！」

「可是我不愛她！」

我知道有很多事情不能勉強，我的結論很簡單：「所以我才把你和媽咪和十樓阿嬤都快樂，當作生日禮物啊！」

「爸比，你要的生日禮物太難了啦！」

真的是這樣嗎？

過了幾天，週五晚上，張小嚕興奮地說：「爸比，明天我想要去有草地的地方玩，就是上次你帶紙箱去，我們從上面滑到下面的地方啊！」

「是滑草嗎？」

「對對對對！」

「好啊！」

張小嚕趕忙補充：「十樓阿嬤也要去喔！」

「為什麼？」

「因為十樓阿嬤上次也有去啊，而且我很愛阿嬤啊！」

魔法棒

我阿母每日深切期盼，只有兩件事：其一是「零用錢」。每兩天可滿足一次，每次能得一張青仔面，我阿母拿到青仔面，無不喜上眉梢笑呵呵；其二是「放假」，隔五休二，每五天可滿足一次，逢上例假日，我阿母喜不自勝，又可以到處玩。

但是，「數學」這套學問從來沒有「照顧」過（或者說「迫害」過）我阿母，阿拉伯數字對我阿母而言，簡直就像宇宙深處的奧秘一樣渾沌難明，明明老人家昨天才盡情玩了兩天，我週一下班，我阿母就拉著我問：「明仔日敢是又再放假囉？」（明天又放假了嗎？）

放假出遊的渴望，難道只有我阿母獨有？非也，非也，請看張小嚕在週一晚上吃飽飯，忽然睜大眼睛，一臉正經，對著全家說：「我好想要有一支魔法棒，把每天都變成星期天喔！」

如果真有魔法棒，我阿母一定也想要一支。

輯三

小事情

吹牛

張小嚕問：「爸比，我怎麼這麼會吹牛？」

這問題不好答，若要追根究柢，必須先從另一問題開始答起，那是張媽咪慢慢發現張小嚕的習性：「你怎麼這麼愛吹牛啊？」張小嚕不知所以，歪著頭問：「什麼是吹牛啊？」

張小嚕愛好吹牛卻不知吹牛為何物，莫說張小嚕五歲娃兒不知道，尋常人也未必知道啥是吹牛？即使不知道，也不妨礙張小嚕和常人一樣，喜歡大吹特吹。好比說，聽到一首蕭邦離別曲，我說我很愛這一首喔，鋼琴剛學半年的張小嚕就接著說：「我早就會了！」全家到新加坡演講完之後，要轉到馬來西亞繼續講，閒聊提到馬來人講馬來語，張小嚕就說：「我聽得懂馬來語！而且也會講！」請他示範幾句，他果真就嘰哩呱啦講起馬來語，錯得很明顯，也很離譜，但是張小嚕很得意。又好比說，張小嚕陪我去演講，他說：「爸比，我以後可以幫你講學思達了！」我問，真的？張小嚕胸有成竹：「真的，而且講得比你好喔！因為我不會像你一樣一直講，一直填鴨教育！」——張小嚕應該是全台灣年紀最小會把學思達和填鴨教育掛在嘴邊的紀錄保持人，雖然他是這樣愛吹牛。

張媽咪先認真回答了「吹牛」定義：「說話和事實不合，而且還誇大事實。」張小嚕還是歪著頭，說：「可是我講的都是事實啊！」張小嚕化身吹「牛魔王」了。

張媽咪接著說：「你這麼愛吹牛，一定是遺傳到你爸！」

然後張小嚕把好奇的小臉轉向我，問：「爸比，為什麼『我們』這麼愛吹牛？」

回答這個問題之前，還是把吹牛先搞清楚比較好。「吹牛」也者，我自己評斷比較可靠的說法是：古代中國北方諸省要渡越黃河上游，因沿途水急灘險流沙多，甚難行舟（木製船操控不易，且容易撞毀沉船），就想出「皮筏代舟」之法。皮筏子有羊皮、也有牛皮材質製成，使用時，朝皮囊內吹氣，待鼓脹飽滿，紮好吹口，即可作為渡河工具。小筏子相連可成大筏子，大筏子連在一起，可承載重物過河。在古代，當然沒有打氣筒可用，想要將皮囊灌飽氣，只能靠嘴吹灌。羊皮袋體積較小，可用嘴直接吹起，但吹的人也要體格強壯、肺活量很大才能吹得起。但是牛皮袋體積甚大，想用嘴直接吹，根本不可能。若想將牛皮袋灌滿氣，通常必須由好幾個肺活量大的成人，輪流往牛皮袋裡吹氣才行。所以若有人說他能吹起牛皮袋，當地人聽了，認為他說大話。所以凡遇到誇口者，當地人就說：「你要真有本事，就到黃河邊上去吹牛皮好了！」從此之後，「吹牛皮」簡稱「吹牛」，變成了「誇口說大話」的代名詞。

張小嚕的提問，難道是想聽到這樣的正解嗎？當然不是。所以我的回答很《世說新語》：「因為我們兩個都屬牛啊！」而且事實真是如此，張小嚕和我，生肖皆牛。

張小嚕又說：「為什麼媽咪不喜歡吹牛呢？」

「因為張媽咪屬龍，她不喜歡吹牛，她『吹龍』！」

張小嚕母子聽我講完之後，笑得東倒西歪。

《祖孫小品》不是都有阿嬤嗎？有的，因為我阿母不喜歡吹牛（而且她也屬龍），但是她有一個愛吹牛的兒子，和一個愛吹牛的孫子，她有這兩頭牛愛她就夠了，她從不計較這兩頭牛多麼會吹。

火眼金睛

張小嚕臨睡前，有很長一段時間是由《西遊記》陪伴入眠。

先是聽我講過第七回，話說齊天大聖孫悟空心猿難定，大鬧了天宮，玉帝命天兵天將追拿緝捕，最後還是靠太上老君從空中拋下「金剛琢」，可可地K中猴頭，孫悟空猛跌一跤，再被二郎神的細犬咬住腿肚，這才遭到制伏，動彈不得（這就難怪狗和猴子水火不容）。

孫悟空罪刑忒重，遭判極刑，綁縛斬妖台上，可是任憑刀砍斧剁、槍刺劍刳，就連放火煨燒、天打雷劈，也絲毫傷不了半根猴毛。最後還是聽從了太上老君建議，關進八卦爐中，任由文武火鍛鍊，要將孫悟空燒為灰燼。老君沒料到的是，孫悟空將身鑽進風口，有風則無火，巧妙逃過火劫，但是風來煙起，把一雙眼火燭紅了，弄做個老害病眼，喚作「火眼金睛」。

火眼金睛，有何妙用？妙用有二，一是鑑察妖怪，一是千里遙望。

火眼金睛用來鑑別妖怪，事實上有很大局限，主要作用只在中、小等級的妖怪身上，若是大牌一點的妖怪，或是神佛坐騎逃至人間化作妖怪為非作歹，則往往失效。且看孫悟空火眼金睛，一眼就看穿借他人之屍來還魂的白骨精（二十七回），又看出化為小孩倒掛樹上的紅孩兒（羅剎女鐵扇公主和牛魔王之子，四十回），也看出黑松林變為落難民女的金鼻白毛老鼠精（八十回），但這些其實都只是妖怪界的 B 咖。

A 咖大妖呢？變作豬八戒模樣的牛魔王，很輕鬆就騙走了孫悟空手中芭蕉扇（六十一回），火眼金睛失效。再者，其他妖怪和神佛有點兒裙帶關係的，例如化作唐僧模樣的妖怪，原是文殊菩薩的坐騎青獅（三十九回），火眼金睛再度失效。靈感大王，原是觀音菩薩蓮花池裡養大的金魚（四十九回），火眼金睛又失效。金兜怪，原是太上老君的青牛（五十二回），火眼金睛也失效。六耳獼猴，原是孫悟空之本我（五十七回），火眼金睛當然失效。太白金星李長庚變成一位老者前來送信（七十四回），火眼金睛又失效，假冒公主者，原來是月宮玉兔（九十五回），火眼金睛再次失效。我問為什麼火眼金睛那麼容易失效？張小嚕的回答頗好：「因為牛魔王是王啊！」「因為他們（青獅、青牛、金魚等等）原本就不是妖怪啊！」——我常覺得吳承恩寫這些神佛周邊動物，用意頗深，好像影射那些個貼近權力中心者，因為分享了權力而容易迅速腐敗、終至墮落成妖？

火眼金睛的第二好處是「千里遙望」。且看第二十三回，師徒三人（沙悟淨尚未登場）抵達流沙河，波濤洶湧，十分難渡，唐三藏問了句：「我這裡一望無邊，端的有多少寬闊？」孫悟空答道：「有八百里遠近。」豬八戒不信，認為師兄信口開河，胡亂吹牛，孫悟空便道：「我老孫這雙眼，白日裡常看得千里路上的吉凶。卻才在空中看出：此河上下不知多遠，但只見這河寬足有八百里。」這便是大聖自道千里眼之厲害、之精明、之無遠弗屆。

閒話休提，單表正文，且說我阿母年紀越發增長，身體開始出現各種狀況，先是右眼白內障開了刀，左眼也害起眼翳，經常嘆息道：「霧煞煞，看攏無！」張小嚕聽清楚了阿嬤的感嘆之後，很快就答應了：「阿嬤，沒關係，我有火眼金睛，我可以幫你看，看得很清楚喔！」

我阿母是柔弱的唐三藏，張小嚕是善良的孫悟空。

陪

祖孫都愛人陪。

張小嚕的陪，內容比較多元，語調也多元。獨生子女，雖說沒人爭搶玩具，但也失去玩伴一起玩的樂趣（當然也失去爭搶玩具的練習，包括爭奪成功的勝利感與憐憫心，爭搶失敗的耐挫力），沒人陪玩，只好勉為其難將目光投向父母，這時就會聽見張小嚕低聲下氣問道：「爸比，可不可以陪我玩？」、「媽咪，能不能陪我玩？」只是大人陪玩，往往心不在焉，要不一心多用，絕不像小孩和小孩之間，玩什麼都是全心投入、渾然忘我、樂此不疲，——這時就會聽到張小嚕昂聲說道：「爸比，陪我玩啦！」

「我有啊！」

「你沒有！」

「我不是在旁邊陪你玩了嗎？」

只見張小嚕嘟起嘴，右手指著我，一字一頓說道：「你根本沒有陪我玩！你在滑手機！」

「我不是一邊陪你玩，一邊滑手機『工作』嗎？」

「不行，你要跟我一起玩，才算陪我玩！」可見小孩子對於遊戲規則，還是滿執著、滿嚴格的。

陪玩，只是「陪」之一種，張小嚕臨睡前，也要人「陪」，陪睡。臨睡之前，不是躺在旁邊陪陪就行，還必須先講故事，起先都是我宣講《西遊記》故事，後來開始胡謅亂編（當老師都知道，這樣就不用事先備課了，卻很考驗個人創造力的良莠、多寡。另外，講故事講得好壞與否，小孩是最佳評審，從張小嚕的反應就能直接判斷，講壞了，張小嚕就會說：「爸比，你今天講得好難聽喔！」反之，則說：「爸比，你今天講得好好聽喔！」），後來改唸繪本（唸繪本比較輕鬆，唸沒幾頁就結束了。張小嚕很快發現，時間比以前短少很多，於是加碼一晚要唸兩本），講完床邊故事，才開始正式陪睡。陪睡，是最有趣的攻防，一般不都是要先哄小孩睡嗎，但經常反客為主，小孩還沒睡著，父母已經先入眠了，而且父母通常還沒洗澡、等會兒還有很多事情要等小孩睡著才能繼續處理，睡著了，就完了。——有時，我和妻在半夢半醒之際，還能隱約聽見張小嚕說話：「爸比（或媽咪），我還沒睡著耶！」

張小嚕還有一種陪，說出來就有點兒「異味」，——陪公子大便。張小嚕從小養成的習慣，大便要人陪，要是不陪，那就不大了。大家知道，小孩如廁，除非愛喝水、愛吃蔬果，否則小孩之便，臭氣熏天。我們賃居處的廁所，抽風機吸排兩用，張小嚕喜歡撇完一條作品之後，馬上爬上馬桶邊緣，打開抽風機，將空氣由外往內送，衝向正坐在門口「陪便」的父母，張小嚕看見父母閉氣作嘔，一臉認真，樂不可支，因為他真的看到「父母陪玩」了。

我阿母的陪，明顯單純許多，老人家會直接說出需求：「有夠可憐，在厝坐整日，都沒人陪。」這話不能當真，大部分情況是我阿母已經出去遊玩了一整天，回到家休息兩三個鐘頭之後，講出的誇大之語。但明知如此，也不能直接反駁老人家，因為老人家不需要反駁，需要的是「同理心」。我的回答很簡單：「真正有夠可憐，拜六休睏，咱來去海邊仔玩好囉！」諸君若在現場看到我阿母立馬轉憂為喜，還緊追著說：「你毋通白賊喔！」就知道這樣的回答，才是正解。

有時候我阿母的陪，只是撒嬌。我陪她吃完晚餐之後，她會撒嬌說：「這麼快就要回去了，我整天都沒人陪。」我就會刻意多留下來一些時間，陪她看完電視，看著她上床睡覺。——唯一困擾是，我會接到一通電話，聲音急促：「爸比，你快點回來，陪我玩啦！」

讀者一定很快發現，應該還有更好方法。沒錯，可以讓兩個需要人陪的人，放在一起就好了啊！——沒錯，且讓我們來試看看。

祖孫聚在一起了。

「爸比，阿嬤把我的積木弄壞了啦！」（阿嬤想幫忙，卻越幫越忙。）

「阿誠仔，恁子不給我看豬哥亮啦！」（張小嚕要看卡通《粉紅豬小妹》，而且直接轉台了。因為張小嚕聽不懂台語，阿嬤聽不懂國語。）

「爸比，阿嬤捏我啦！」（阿嬤想摸一下金孫，結果下手太重。）

「阿誠仔，救命喔，恁子給我打啦！」（張小嚕想幫阿嬤打正在叮她手臂的蚊子。）

諸如此類，不勝枚舉。

原來，兩個都需要陪伴的人，湊在一起，未必真能得到陪伴，反而像正正、負負相對的磁鐵一樣，結果是，極力相斥。

「我不要阿嬤陪！」

「我不愛給阿孫仔陪！」

沒關係，祖孫倆會有一個同時伸出正負極的兒子、老爸，緊緊將祖孫倆吸著、陪著、呵護著。

唸

張小嚕喜歡在車上玩一個小遊戲。

「爸比，你快問我！」

我趕緊問他：「旗山阿公和旗山阿嬤，誰比較會唸？」

一開始這還不是個小遊戲，而是張媽咪的疑惑，藉由詢問張小嚕，確認她聽到張小嚕對於事實的評斷是否無誤。張小嚕據實回答之後，意外看見張媽咪驚訝神情，感到新鮮、好玩。從此之後，張小嚕難掩興奮，就像此刻模樣：「旗山阿嬤！」

「旗山阿嬤和張媽咪，誰比較會唸？」

「張媽咪！」就是這個答案，讓張媽咪花容失色、愣然許久。也是張小嚕神情興奮之由。

「張媽咪和張爸比，誰比較會唸？」

這個答案，很顯然具有爭議，張小嚕喜歡在兩者之間游移。照理說，正解應該是張媽咪，但張小嚕學會視情況回答，如果張媽咪剛買了新玩具給他，他的答案就會變成「張爸比」，如果他想看一下張爸比的窘臉，答案也會是「張爸比」。

如果問題還要繼續往下追問呢？那就會變成：「張媽咪和十樓阿嬤，誰比較會唸？」

這個答案沒有任何異議，連五歲多的張小嚕都能輕易判斷：「十樓阿嬤！」

如果再把問題倒回去問，換成「十樓阿嬤」和「張爸比、旗山阿公、旗山阿嬤」，誰比較會唸？答案仍是固定的。——如果大家對邏輯有些概念，一定會知道，當A＜B＜C＜D＜E，E一定以秋風掃落葉之姿，席捲ABCD。這個簡單道理，連張小嚕也懂得，所以他的結論很簡潔：「十樓阿嬤是最會唸的人！」

問題來了？聽不懂台語的人，可能還有點不明所以，甚至誤會我阿母是口才絕佳（事實上也是如此），演講高手（不然他兒子這麼會演講是從何遺傳而來）。——唸，是台語用語，翻成國語，就是嘮叨、碎唸、呱噪、絮聒、喋喋不休、棘棘不止，怎麼看，意思都不是很好。但不可否認，原本不太嘮叨、碎唸、呱噪、絮聒、喋喋不休、棘棘不止，不喜歡人家對他嘮叨、碎唸、呱噪、絮聒、喋喋不休、棘棘不止（就像這段文字有這麼多重複又累贅的用語不斷反覆出現，就是標準的「唸」），等到當上了父母親之後，經常提醒自己千萬不要重蹈覆轍，只消講過一遍給小孩聽就好了。但才剛講完不久，便開始疑心，小孩剛剛可能沒認真聽進去，於是忍不住又提醒了第二遍（內心還自我安慰道：才第二遍而已，應該還好吧）。等小孩臨出門，心想反正要出門了，提醒最後一遍好了，小孩應該不會那麼容易感到不耐煩吧，於是又好心講了第三遍。——等小孩外出，到達了某地，打電話回家報平安，父母心裡又斟酌著要不要再提醒一遍，還沒斟酌完，第四遍已經脫口而出……。——這時候，即使是五歲多的小孩還不能準確分辨嘮叨、碎唸、呱噪、絮聒、喋喋不休、棘棘不止，有什麼深淺差異，但是他看到出現這麼多遍的嘮叨、碎唸、呱噪、絮聒、喋喋不休、棘棘不止，本能還是覺得，煩，而且一煩再煩，煩、煩、煩、煩、煩，煩煩煩。若不如此，則無以對抗一而再、再而三的嘮叨、碎唸、呱噪、絮聒、喋喋不休、棘棘不止，無窮無盡出現的「唸」。

但是，因為在愛中，所以才「唸」啊，當父母不知不覺開始「愛唸」起來，升格成「祖父母」更是「唸是老的強」！——依此推論，張小嚕居然已經深切感受到十樓阿嬤對他的愛，而且還是最愛他的，冠軍！

無聊

「我好無聊喔。」

「我足無聊耶！」

這兩句話，頭一句為張小嚕所發，次一句則是我阿母。前者是國語，後者是台語，語言雖殊，祖孫感嘆卻是一致。

張小嚕在家裡玩遍了所有玩具（特別是他最愛的數量眾多的模型車），或是剛從戶外玩完溜滑梯、腳踏車、海灘上的沙沙、文山運動中心的攀岩，又看完最愛的卡通《粉紅豬小妹》之後，不被允許繼續再看電視之後，他就會大喊：「我好無聊喔！」

同樣情形，我阿母好不容易從週一盼到週五，盼到週末我終於要帶她出去玩耍，但有時我真的還得加班編講義，只好坐在書桌前對著電腦打字。我阿母無可奈何，如果她勉為其難看完電視、吃完飯、睡飽覺，她就走過來坐在書桌旁靜靜望著我，如果我回過神來抬起頭望見她，問她坐在這裡做什麼？她就會像孔子一樣喟然而嘆；「我足無聊耶！」

無聊啊無聊，百無聊賴，無窮塵土無聊事，不得「遊玩」解不休。——祖孫無聊的心境，上通古人，旁攝寰宇，心心相印。端的是，心煩憒兮意無聊。

真有這麼剛好。這一天，兩個無聊人恰恰碰上同樣無聊時刻，張小嚕率先喊道：「爸比，我好無聊喔！」這一剎那我阿母幾乎同時嘆息：「阿誠啊！我足無聊耶！」祖孫倆面對如此難得無聊慨嘆的重疊默契，顯得十分興奮，一起哈哈大笑起來。張小嚕又把無聊喊了一遍，我阿母也跟著把無聊也喊一遍。兩人又相視大笑。張小嚕趕忙再把無聊喊得更大聲些，我阿母也跟著把無聊又喊得更大聲些。兩人又相視大笑，笑得極為開心。張小嚕邊笑邊急忙再把無聊喊得更大聲、更急速些，我阿母緊追不捨也把無聊喊得更大聲、更急速些。兩人又相視大笑，笑得東倒西歪。張小嚕急急又喊，我阿母急急相隨，前後競逐，像聲音尬車。

突然，張小嚕轉過頭對我說：「爸比，阿嬤很無聊！」我阿母一聽，覺得不對頭，急忙澄清：「黑白講！你才無聊！」

張小嚕說：「阿嬤，你明明很無聊，還說沒有無聊！」

「三八將！你才無聊，我何時無聊？」

「我沒三八啦！阿嬤，你有無聊！」

我阿母最後明快地下了一個結論：「你無聊！」

張小嚕也明快說出結論：「你才無聊！」然後剛剛的過程又再次重複了，一個「你無聊」聲音越來越大，一個「你才無聊」急急跟隨；然後又是一個「你無聊」速度越來越快，一個「你才無聊」又緊緊跟隨。聲音又大又快，快到最後只聽見「聊」、「聊」、「聊」、「聊」……在書房裡競逐。

這對無聊祖孫只准州官放火不許百姓點燈，只准自己說無聊，不許他人說自己無聊，難道他們也隱隱察覺到，無聊，一旦改變了主詞，「我」無聊變成「你」無聊，就會從「個人情感之抒發」變成「責詈他人之意指」了嗎？

妙的是，祖孫倆的理想聽眾，我，始終還對著電腦編講義，根本還沒答上腔，祖孫已經從無聊變成有「聊」，可不是嗎？這會兒祖孫倆玩了好一陣子「無聊」的聲音遊戲，現在又已經臉紅脖子粗，在那裡「聊」、「聊」、「聊」、「聊」個沒完沒了……

火氣

人都有不愛的食物。

我阿母不吃茄子、芋頭和南瓜。茄子，是我父親從小對全家耳提面命，有毒，少吃為妙，這是父親威嚴觀點，沒人敢質疑，總之，寒舍平素不吃茄子；芋頭和南瓜，則是我阿母私以為容易誘發癢症，只要看到餐盒內有紫黑芋頭或金黃南瓜，我阿母馬上搖頭：「你是欲害我癢死喔！」

張小嚕年紀輕輕，也有不食之物，他不吃蓮子。蓮子不是很好吃嗎？當然，那是沒吃過完整的蓮子，才會說好吃。張小嚕在幼兒園點心時間，第一次吃到蓮子，整碗白木耳蓮子湯，蓮子有二十三顆（張小嚕算得很一清二楚），而且是完完整整的蓮子，沒去蓮子心，張小嚕一吃，苦不堪言，老師說：「不可以浪費食物！」張小嚕只能「含辛茹苦」，一顆顆吃完。從此之後，他對蓮子，有了深切恐懼，避之唯恐不及。

後來，全家到基隆玩，吃三兄弟粉圓，我阿母特別叮嚀，不吃芋頭，張小嚕也說：「我不吃蓮子喔！」

張媽咪告訴張小嚕說：「蓮子可以降火氣喔。」張小嚕問：「什麼是火氣？」張媽咪說：「火氣就是身體裡面有火。」張小嚕說：「身體有火？那要打電話叫消防車來滅火。」

我阿母聽到張小嚕不吃蓮子，很不以為然，直說蓮子很好吃；張小嚕聽到阿嬤不吃芋頭，也很不以為然，直說芋頭才好吃（其實張小嚕也沒多愛吃芋頭，這是典型的政黨間衝突，純粹為反對而反對），祖孫如政治人物言語交鋒之後，忽然間，兩人漸漸有了火氣，——這時候，祖孫真的都很需要，吃蓮子，降火氣。不，是需要一輛消防車，當然，兩輛也行。

手機與電話

我阿母用她三寸不爛之舌，絮絮叨叨滔滔不絕，終於迫使我買了一支手機給她。果不出所料，不會撥打。

幸好我發現手機撥出鍵連按兩下，可撥出前一通電話號碼，於是我把我的手機號碼預撥一回，我阿母只要連按兩下，就能使用了。——從此我阿母進入了手機時代。

手機時代來臨，我阿母發現此後她能隨時表達關愛兒子的濃濃心意。於是乎，我每天在學校上班，幾乎每隔半小時或一小時，就會接到我阿母打來的電話。電話內容大同小異，經常是「阿誠，你吃飽了沒？」（如果中午還好，但經常是十點左右就開始問候了）、「阿誠，你怎麼還沒回來？」（如果是傍晚還好，但通常是兩、三點就來了）；有時則是「阿誠，我要睡午覺了喔！」（連睡午覺都要向我報告一下才行）、「阿誠，我足無聊耶啦！」（意思是要我回家陪她）；有時則是「阿誠喔，沒代誌啦，我是試試看打得通沒！」、「阿誠喔，沒代誌啦，我是試試看有電沒！」——有時候，難得一整天沒接到電話，回到家我還沒開口問，我阿母就已經抱怨連連：「氣死人，打電話給你，結果打錯了，一個查某接的，唸歸晡，我都聽攏無！重打也攏是她接的！足奇怪！」

我阿母打錯電話，後來我們才從她的金孫張小嚕口中得知這位查某的真實身分。張小嚕和他的阿嬤一樣喜歡上電話，是因為家裡有線電話配附聲光效果，張小嚕每按一個按鍵，都會發出奇妙的聲響及彩光，這讓他樂得嘎嘎笑。後來他發現電話還能和旗山阿公阿嬤講話，於是只要心血來潮他都想打電話給旗山阿公阿嬤，但他不會撥打，旗山阿公阿嬤也未必時時有空接聽，所以我和妻經常讓他自個兒亂撥亂打，不以為意。

奇怪的是，亂撥亂打之餘，他也常聚精會神地聽著話筒，若有所思。

不用很久，我們就知道他和誰講電話了。有一天，妻聽到他忽然說上一連串話，節奏明快、語調清晰、態度和藹。起先妻還不是很懂，後來聽懂了，大笑不止。等我回到家之後，妻讓張小嚕又說了一回給我聽。我聽懂了後，也和妻笑得東倒西歪，於是張小嚕就更樂了。等我們全家四人都在場時，張小嚕又表演了一回，他極認真地說著：「您撥的號碼是空號，請查明後再撥……」我阿母也跟著大笑，即使她聽不懂金孫唸些什麼，但她對這樣的語調和聲音實在太熟悉了啊！這時張小嚕會用極輕快熱情的台灣國語說出最後兩字：

「謝謝！」

手機癮

我阿母有了手機之後，也染上了現代人常見的升級焦慮症。

當她瞧見鄰居阿嬤手機居然是一體成型，她就覺得自己那支對摺手機「不太好打」（覺得退流行了吧），開始不斷纏著我要換上一支新的（專業術語就是「升級」）。我在我阿母的緊箍咒之下只好乖乖給她換了一支一體成型的新手機。

好景不常，不出幾個月，鄰居阿嬤手機忽然出現觸控功能，我阿母開始心蕩神馳。這次，無論如何我都不願再幫她換一支新手機，因為不管有多少全新功能，我阿母壓根不會用，徒然白費許多錢。

但是，有一天我阿母得意洋洋地從包包裡掏出一支全新手機，配附觸控功能，一邊拿給我看還一邊叨唸：「你有夠鹹，這一支手機才一百元，你也不甘買給我！」我一頭霧水，等到她把整個手機盒和收據拿出來時，我才恍然大悟，原來我阿母請鄰居帶她去通訊行辦了一支新手機，手機只要一百，但必須綁約兩年，月租三九九。——然後，無論我費盡口舌向老人家解釋，手機其實是好幾千塊，看起來只花了一百元，但其實後頭我還得支付兩年的三九九元。可我阿母完全聽不懂，更抱怨道：「你勿給我騙，我才付一百塊錢而已！」

張小嚕和現代小孩一樣，當妻的表妹送給我們夫婦倆各一支HTC智慧型手機，我們的人生好像升級似的，邁入隨時可以上網的新世界，張小嚕也就同時進入了3C產品的新時代。

幾乎不需要任何人教導，張小嚕很快就學會了用手指滑開開始鍵，點開寶寶學習遊戲以及風靡全球的小遊戲「憤怒鳥」，很快就認識了一張又一張蟲鳥圖卡，也很快地學會了拉開彈弓、射出憤怒鳥、爆開豬頭。而我們夫妻倆也和所有家長的焦慮一模一樣，擔心小孩如果玩太久會近視、會沉迷（但又不能完全拒絕小孩玩，試問有哪個小孩不玩得渾然忘我、興味淋漓？何況大人趁此空檔還能稍作休息一下哩），因此我們總讓他玩十到二十分鐘，時間一到就立刻禁止。

這時候，情況就和把到口的肥肉從狗嘴裡拿出來的道理一樣，沒有一個小孩不生氣、不暴躁如「憤怒鳥」，好在透過我們的堅持，張小嚕也就默默接受。但他退而求其次，提出一個卑微要求，他想要保管手機。我們答應了。於是張小嚕就隨身抱著已然關機的心愛手機，他盼望著自己能像吻醒白雪公主的王子，吻醒手機。（這樣就不難理解，何以張小嚕偶爾懷念起小時吸奶時光，直覺乳房是張媽咪最珍貴的事物，這時候他就會指著媽咪雙峰，用獨特的價值觀及造句，問：「這是你的保管手機嗎？」）

我阿母冷眼旁觀金孫這樣渴望「玩」智慧型手機，她「見賢思齊」也想要一支了。我當然拒絕。可我阿母卻說：「你不買給我，我難道不會自己買嗎？一支手機啊，便宜得跟什麼一樣！」我聽了，大吃一驚，上一支手機綁約還沒付清哩！可不能再換新的了。但這話不能讓我阿母知道，不然新手機出現的時間只會加快，不會延後。我只好故作鎮定地：「現在新手機出這麼快，你再稍等一下，還有更好的呢！」——唉，這話多像現代人心頭共同的盼望與焦慮啊！竟然連我不識字的阿母都不可免了啊。

生理時鐘

週末例假日，是我阿母的遊玩日。

老人家一日不遊玩，便覺言語無味；三日不遊玩，便覺面目可憎。身為兒子，為了讓我阿母面目可愛、言語有味，因此每逢假日必要好好遊山玩水、賞美景、吃美食，夜以繼日，周而復始，樂此不疲。

每逢假日，當天一早，早則六點、晚則七點，我阿母已然從十樓坐電梯翩然降到五樓，未見其人，先聞其聲，啾啾啾啾啾啾啾啾啾啾啾啾啾啾啾啾啾啾啾啾啾啾啾啾啾啾啾啾啾，鈴聲大作，我阿母扣住門鈴，猛壓不放，一刻都不讓喘息。這時我們全家三個通常都還在眠夢之中，為了不讓妻小受到打擾，我霍地起身，趕緊開門（眼鏡沒戴、雙眼緊閉、時常還單著一條內褲），我阿母已然先聲奪人：「日頭曝尻脊背囉！」我又氣又惱，略睜眼瞄了一下牆上時鐘：「阿母啊，不是講九點才來？現在才六點而已！」我阿母不好意思解釋道：「我哪知？我看日頭光曝曝，想說足晚囉！好，你再去睡，我等一下再來！」然後七點再來一次、八點又來一次，好不容易終於等到九點，一共按了四次鈴。——下週會重複嗎？會！下下週呢？會！換句話說，沒有一週是不重複的，這是我阿母另類的周而復始、有始有終。

張小嚕很能理解阿嬤為何如此，他知道阿嬤看不懂數字，他的疑問比較特別，問張媽咪說：「阿嬤看不懂時鐘，那她為什麼還能那麼早就起床？」（張小嚕還不知道一個人的期待興奮心情足以讓人整晚輾轉難眠）張媽咪回答：「因為人有生理時鐘啊！」這個詞張小嚕聽不懂，好奇追問，張媽咪補充說明：「人身體裡面有一個時鐘，時間到了就會叫喔！」張小嚕露出驚訝表情：「身體裡面有一個時鐘，那會不會很痛啊？」

又是例假日，我阿母都還沒來按電鈴，張小嚕已經醒了，他爬下床，找出公車玩具，趴在地上，深情地推著兩輛公車，轉彎往前，嘴裡發出滴滴滴滴滴滴滴滴滴滴滴滴滴滴滴滴滴滴滴滴滴的聲響，那是公車轉彎的真實聲音。我和妻都被他吵醒了，問他怎麼這麼早起床？他說：「我被鬧鐘的聲音吵醒了！」奇怪，剛剛靜悄悄的啊？妻問：「哪裡有鬧鐘？」張小嚕抬起頭，淡定地說：「我肚子裡的鬧鐘啊！」

祖孫都有生理時鐘，滴滴滴滴滴滴滴滴滴滴滴滴滴滴滴滴滴滴地走著、啾啾啾啾啾啾啾啾啾啾啾啾啾啾啾啾啾啾啾地響著。

公車控

控，源自日語「コン」（con），擷取英文complex（情結）一詞的字頭音，指深度眷愛之意。「控」之前若冠以名詞，即成了深愛某物之人，起初微帶貶意，久而久之，貶意日消，漸成中性語，不復含藏褒貶。只是「控」這個擬音漢字，本身便含一點兒誇飾意味，彷彿人眷愛某物反被「控」制而無法自拔，如愛穿制服者，謂之制服控。同理可證：維尼控，必是小熊維尼粉絲；派大星控，則是《海綿寶寶》粉絲；老皮控，是《探險活寶》粉絲；阿兩控，是《烏龍派出所》粉絲。——不消說，前兩控是張小嚕，後兩控則是張小嚕他爹。

公車控，顧名思義，深愛公車者。我家有兩控，一老一小，祖孫二人組是也。

我阿母「公車控」控到什麼程度？有一回我幫她拿敬老悠遊卡去捷運站讀卡機過卡展期（半年展期一次），小小螢幕顯示出展期成功之後，我拿起卡片，不小心又滑了下去，沒想到機器重新感應，螢幕顯示卻和剛剛完全不同，右上角顯示出密密麻麻資料，是最近交易紀錄（即搭乘紀錄），左上角是卡片資料，字體略大，顯示出餘額和已用次數，細一看，次數居然高達五三一六次。天啊，我阿母自從六十五歲取得敬老卡，不過八年時間，一年三百六十五天，不扣除週末例假日我開車帶她去玩，平均一天也有將近兩次搭乘公車紀錄；若再扣除我帶她出去玩的日子，一天平均便將近三次紀錄。——八年折算下來，恰好可讀兩回大學，日日來回通勤，我阿母若真也讀大學，肯定得全勤獎。

我阿母搭公車究竟去了哪些地方玩呢？起先，我也不甚明瞭，只聽阿母常說她今天又去了哪裡哪裡玩，好玩得不得了。唯一美中不足的，是我阿母描述的那些地方沒有一個是我有能力從她天馬行空的言語描述還原出現場、猜對地點，這讓她老感覺徒費唇舌，對我說了那麼多真是白說，講破嘴，聽沒半句，是對牛彈琴，是秀才遇到兵，有好玩的地方也講不清。

有時候我彷彿聽懂了，原來她是趁著我上班時沒人陪她，自己坐社區前僅有的四條路線公車：15號，坐到台北車站，一路遊賞市區，沿途不下車，有始有終，原路折返，原處下車，或者再坐到四站外的萬芳社區終點站，去吃飯。綠11，社區出發後，繞行公館一圈，旋即回來，時間短，匆匆一瞥，極適合我阿母家中枯坐一日後，快速轉換心情，又不會太折磨頻尿的膀胱。棕6，到猴子園（我阿母稱動物園的用語）看猴子（動物是也）。棕5，去大廟（我阿母稱「指南宮」的用語）吃菜（齋飯是也）。

有時候，我不止聽懂，還被嚇到。我阿母忽然像仙女一樣神奇地出現在我教書的學校警衛室，我問她怎麼來的（我平日坐公車到學校得轉三趟），她說換了一班又一班的公車就到了啊！我不信，她為了證明所言不假，幾天後，她又像仙女一樣神奇地出現在我的辦公室內。我看到她好整以暇地坐在我的座位，還揉了揉眼，以為走眼了，一看是真，哭笑不得：「阿母，我要上班啦！」她還在狀況外，直嚷著：「氣死人，上次講坐不對！這次給我坐對了乎！我就講我會曉坐公車，這次你欲信莫！」我怕同事疑惑奇怪，趕緊讓她回家。

有時她搭公車迷路了，竟直接走進警察局，說她迷路了，警察好心開警車送她回家。我說不能這樣浪費公家資源，便叫她以後迷路了，直接坐計程車回來，但她還是喜歡公車，因為計程車「貴慘慘」！

張小嚕「公車控」控到什麼程度？他擁有大、中、小各類型模型公車，有森林精靈大公車、OPEN 將中型公車、國光號小公車。有一回到百貨公司模型車玩具區，現場可買模型車到玩具區前的模擬賽車場、停車場、高速公路上玩，張小嚕面對琳瑯滿目的眾多模型車，最後選中一台 **JR** 公車，但是魚與熊掌不能兼得，公車車體太高，不能進模擬場玩，妻又規定只能買一台，不可多買。張小嚕深思熟慮之後，捨棄眼前近利，終究還是選擇最愛的 **JR** 公車。回到家，時不時就能看見張小嚕全身趴在地上，臉貼地板，手裡推著大、中、小號各式公車前進，發出「滴滴滴」聲音，那是真正的公車準備轉彎打方向燈所發出的警示聲；然後小嘴又陸續發出國語、台語、客家語、英語四種語言，那是公車報站的廣播聲；接著又發出「七——」一陣長響，那又是公車靠站停妥開門的聲音。這時候，如果瞧見了這小子神情，大約對古代哲學家談什麼心凝神釋、物我兩忘、天人合一等等境界，不會感到玄虛難以捉摸或難以體會了。

張小嚕如今就讀的幼兒園距離妻任教的北一女，僅兩百公尺不到，但每天下課，他堅持要坐一段公車才行。有一回公車上自動廣播系統故障，司機只好自己廣播，車到了北一女，司機報站：「北一女，北一女！」張小嚕恰好站在駕駛座旁，仰起小臉好奇問：「媽咪，公車司機怎麼沒有講台語、客家話和英文？」妻還沒來得及回答，司機聽得仔細，早先一步笑答了：「我要會講那麼多種話，還要出來開公車嗎？」從此之後，張小嚕放學回家，爬上了張媽咪的車子，頭一件事就是取出他喝完的水壺，轉開瓶蓋，把瓶身湊向嘴前，假裝麥克風，然後依照路程接近的站牌逐一播報站名（這樣便可想見，他會堅持回家得走公車走的路線，即使路程較遠且容易塞車，他也不在乎），並且國語、台語、客家語、英語一起放送，即使大部分的客語、英語他根本不會念（他常問我某站，客家話要怎麼講，天啊，我怎麼可能會？所以他常納悶：「為什麼爸比都不會講呢？」要是我會講才讓人納悶吧），但他還是神情專注地播報站牌，不管口裡怎樣夾泥沙而俱下囫圇囫圇含糊帶過，不過這種敬業精神，怕是誰看了都會有一丁點感動吧？

祖孫倆都是公車控，卻鮮少共乘，因為假日我們全家大多開車出遊，沒機會坐公車。平常日上班，妻一早開車載張小嚕去上學，時常看見阿嬤已經杵在站牌下等公車，張小嚕會搖下車窗，大喊阿嬤，開心招手。這時候祖孫兩人心態十分奇妙，張小嚕羨慕阿嬤可以坐公車，阿嬤羨慕張小嚕可以去上學。

有一天，我幫剛起床的張小嚕換衣服，他忽然認真地對我說：「爸比，我以後要當公車司機，開公車，只讓你一個人坐！」這是張小嚕表達感情的方式，我聽了非常激動，光想到張小嚕腦海裡頭的畫面，他要開著一輛大公車，拉風地只載著老爸兜風，我還可以在公車裡跑來跑去哩，多麼動人啊！（大家不要太早想起兒子日後長大開車高達百分之九十九的機率都只載女友兜風的殘酷事實這個殘酷事實與這個冗長句子一樣教人不想卒讀也不想面對）但這種快樂，獨樂樂不如眾樂樂，所以我問張小嚕：

「要不要也讓張媽咪坐啊？」

「好啊！」

「那要不要也讓旗山阿公、阿嬤坐呢？」

「要啊！還有也要讓惠婷阿姨、阿閔阿姨、內湖姑婆坐！」

「那十樓阿嬤呢？」

「要啊！」張小嚕毫不猶豫，並且他還補充了一段話，他說：

「我要讓十樓阿嬤每天坐，因為阿嬤喜歡坐公車啊！」

張小嚕還不知道阿嬤每天坐公車其實是為了排解白日悠長時光的寂寞與無聊，但他隱隱然知道這樣可以讓阿嬤開心，阿嬤開心，他就更開心了。

是的，這對祖孫倆是不折不扣的，開心的「公車控」！

輯四

小言語

台語

我阿母不會說國語，所以我特別留心，讓張小嚕有學講台語的機會與環境。

根據我多年教學經驗發現，台北小孩即使父母親都講台語，他們也會逐漸退化到只剩聽得懂台語。原因是到了學校、外面，大家都講國語，久而久之，說台語的能力就逐漸退化了。

我從鄉下到台北讀書、工作，二十多年，感受最深。偶爾回到故鄉雲林一趟，親朋好友或餐廳攤販一開口就是台語，我卻反射性地用國語回答，驚覺不對勁時，趕快改說台語，卻答得結結巴巴，像是不會說台語的人。——這種「城鄉差異」頗令我尷尬。

雖說我和我阿母在家都用台語溝通，但她沒接受過正統教育，懂的詞彙有限（像我阿母就完全聽不懂電視裡的台語新聞，後來我才發現那是給同時聽得懂國語和台語的人報的台語新聞），溝通及表達，不那麼困難。

因此，當張小嚕從巧虎ＤＶＤ那裡學會了母親節要和媽媽和阿嬤說：「我愛你！」我還特地翻譯了好幾次台語給他聽，他才用他新學到的台語，對著我阿母說：「阿嬤，我愛你！」

我阿母當然很高興。——即使她老人家並不知道這兩句台語，其實隱含了他們祖孫倆共有的溝通管道，甚至還可以擴大一點說，也隱含了語言、歷史及文化的認同與驕傲。

巧

「打鑼喔！阿孫ㄟ啊，你是咧打鑼喔！」我阿母對著張小嚕喊。

張小嚕在阿嬤身旁講話，越講越興奮，聲音越發宏亮，攪擾到阿嬤受不了。張小嚕昂起無辜表情，說出和上回一模一樣的話，那是他的鼻子因為太過乾燥，流出鼻血，張媽咪邊用衛生紙止血，邊叮嚀他不要講話了，張小嚕面露難色：「可是，我就是喜歡說話啊！」

我阿母這樣講金孫，說服力其實頗低，她「喜歡講話」的程度比起張小嚕是有過之而無不及，還經常講到我受不了：「阿母啊，你勿通擱唸了啦！」我阿母很是納悶：「我哪有唸？我是講乎你聽爾爾。」要不然就說：「我若無唸，會艱苦呢！」

這對「熱愛講話」的祖孫湊在一起，誰也不願聽誰講話，加上祖孫倆國、台語之間的語言隔閡，以及老幼兩代知識落差（即使我阿母的知識量也不是太多），溝通明顯不良，彼此言語交鋒之後，便能聽見我阿母率先發難：「切斷！切斷！切斷！」張小嚕第一次聽到這個詞，還來不及反應、回嘴，反倒疑惑地看著我：「爸比，阿嬤說『切斷』是什麼意思？」等我緩緩為張小嚕解釋完之後，——要知道，天大的激情都會隨著時間之拉長而漸次削弱，張小嚕聽懂了之後，不但沒有急著激動回嘴，說他也要和阿嬤「切斷」，他只是好奇地問我：「爸比，阿嬤是台語老師嗎？」——他應該覺得阿嬤能講出他沒聽過的台語，非常厲害。

我阿母也急著問我：「阿孫啊咧罵我乎？」

我說：「沒啦，伊講你親像老師！」——要知道，鄉下人對老師的敬崇程度是無以復加、無可比擬、無與倫比，我阿母聽到張小嚕說她像老師，忽然間，怒氣煙消雲散矣，她只是笑瞇瞇說：「人都說我空空，只有我的金孫知曉，我足巧耶！」

聰明

張小嚕記性好，常常我忘了什麼事情沒做，什麼東西放哪，他都能牢牢記住。有一天，張小嚕問我：「爸比，為什麼我這麼聰明啊？」

敏感的讀者可能馬上聯想起，這個疑惑和大哲學家尼采的自傳書《瞧，這個人》第二章〈為什麼我這麼聰明〉，一模一樣，——可見只有超級天才和無知小孩才會發出同樣自戀之問。

但這問題確實不好回答，若答「你哪有聰明！」容易傷害小孩自尊；若答以「真的，你好聰明喔！」又明顯帶著敷衍與討好，該怎麼辦才好？是的，李崇建老師一直提醒大家：保持正向好奇。

我問張小嚕：「爸比很好奇，你怎麼會覺得自己聰明？」當然，張小嚕偶爾會先納悶反問：「爸比，你怎麼有那麼多好奇啊？」（這是正向好奇之後產生的後遺症，還好後遺症不會產生太多問題。）

但這次張小嚕毫不遲疑，直接回答了：「因為我的嘴巴有記憶卡！」——這答案，很肯定，當時科技不如今日發達的尼采大師也回答不來。

我阿母心智年齡和小學一年級生相仿（因為老人家只讀了一、兩年國小），但有一天，竟然也問了和張小嚕一模一樣的問題：「阿誠啊，我那耶這巧？」（我怎麼這麼聰明？）而且為了證明所言不假，老人家還特地補充佐證資料：「大家都謳咾我巧！」（大家都誇我聰明！）這明明與事實不符，我還來不及正向好奇，馬上反射，脫口而出：「你哪有巧？」

我阿母馬上用她的睿智，回答了如此充滿敵意與不敬的質疑，她說：「我若沒巧，敢有法度生博士子？」（我如果不聰明，有辦法出生博士兒子嗎？）

記下來

「爸比，這一句要不要記下來？」張小嚕問。

為什麼張小嚕這樣問？起因我習慣隨手記錄寫作材料，只要聽聞有趣的、深刻的、特殊的生活點滴或閱讀經驗，我都會隨手寫進一本小冊（現在改成用手機EVERNOTE），裡頭密密麻麻都是寫作原始材料，我寫過的幾本書大多根據這些材料加工而成，材料還有很多，到現在仍未全部整理出來。

張小嚕慢慢發現，偶爾他講了一些話，我覺得很有意思，就會取出手機記錄幾個關鍵句子。張小嚕起先很納悶，問我在做什麼，我告訴他原因，他深感興趣，從此之後，他就化被動為主動，每講完一段他覺得有意思的話，就會問我：「爸比，要不要記下來？」甚至，開始指揮起來：「爸比，記下來！」——忽然我感覺自己好像變成了皇帝身旁的史官。

一個有格調的史官當然是不會屈從於權勢，聽從令命，不加揀擇，悉數記載，張小嚕有時自己講完一段話，覺得很好笑，轉頭便說：「爸比，記下來！」我搖頭：「不行。」

「為什麼？」

「因為不好笑！」「因為不特別！」「因為沒有深刻意涵！」

如此一來，張小嚕漸漸感受到什麼是有用、有趣、有深意的材料，常常等到他漸次忘了想指揮人記下來的時候，忽然之間，他又道出了珠璣妙語，而且，他自己也沒有察覺這是妙語。這時候我就會拿出手機，開始記錄。他才理會過來，他剛剛又講了趣言妙語。可見，趣言妙語，常來自於無心、摒棄成規、掃落得失、回到天真，方才容易出現。

姑舉數例，如張小嚕出門時，自己穿鞋，忽有所悟，說了兩句：「爸比，你看，襪子是腳的衣服，鞋子是腳的外套。」

出門時，遇到下雨，張小嚕問：「下酸雨嗎？」我說是的。張小嚕說：「我們變成檸檬了。」

張媽咪帶張小嚕走過新加坡金沙飯店的高空玻璃通道，媽咪望著下方深谷般的街景說：「我腿軟了。」張小嚕倒是鎮定：「我的腿還很硬喔！」

晚上臨睡前，我講過《一千零一夜》的故事給他聽，他把書拿去亂翻，然後搖頭說：「爸比，這根本不是一千零一夜，只有兩百三十二頁啊！」

張小嚕執著於各種次序，如他曾問我，明天之後是什麼？我答「後天」。他又問「後天」之後呢？我答「大後天」。他又問「大後天」之後呢？我答「大大後天」。張小嚕馬上追問：「有大後天，為什麼沒有『中後天』和『小後天』？」又如籃球，是張小嚕的幼兒園校球，全校從幼兒園到小六都會打籃球，張媽咪對張小嚕說：「你明天要下場打籃球了。」張小嚕馬上矯正：「不是啦，是上場打籃球啦！」

張小嚕也能自作新解，有一天他若有所思，對我說出他的深思所得：「技術差的人才能騎摩托車。」我問為什麼？他說：「因為『歐兜醜』（台語稱「摩托車」用語），技術很醜，才能騎歐兜醜啊。」

我帶祖孫去家樂福，我阿母習慣刮一張刮刮樂，張小嚕看到立牌上寫「15」，便問是什麼意思？我說那是中大樂透的頭彩獎金數，十五億。張小嚕壓根不知道十五億是多少，但從我誇張的表情約略推測得知，十五億應該是很多錢，他馬上接著說：「如果中十五億，我們家就放不下了啊，放了很久都花不完，就會變成古董，你最愛古董了啊。」——就像，他的學校已經一〇一歲，他向張媽咪說：「爸比一定會很喜歡把車停在這裡，因為我的學校是古董學校，停車場很舊，是古董停車場。」

張小嚕說過最讓我感到窩心的一回，那是他指著書櫃上一套書，問我那是什麼書？我說是《古文鑑賞集成》。張小嚕又問，裡面寫什麼？我說裡面都收錄了各種好文章。張小嚕平靜地說：「那裡面一定都是張爸比的文章。」

張小嚕和阿嬤一樣，喜歡吃肉，又不愛喝水，便秘便經常縈繞不去。這一天，張小嚕前一日沒大便，急急忙忙衝進廁所，解便之後，如釋重負，他一臉微笑說道：「喔！輕鬆多了。」他講這話的時候，很顯然，段數沒有阿嬤高明，用語和修辭也遠遜於阿嬤。某日我阿母又如廁許久，終於順利排解「糾紛」，出得門來，這才深深嘆了一口氣，道：

「想未到，放屎比生子艱苦，子都生出來囉，屎還未放出來！」

薑還是老的辣，這段話肯定要「記下來」才行！——我阿母是太皇太后，張小嚕是小皇帝，我是祖孫忠實的史官。

什麼意思

「什麼意思？」這句問話，隨著語調、語速不同，會產生不同意思。好比發問者音調變高、語速加快，往往藏著挑釁或指責；音調轉低、語速變慢，常是有疑而問。——張小嚕很常用後面這種問法。

舉例來說，張小嚕對著一旁疲憊不堪的張媽咪猛問問題，張媽咪已經雙眼緊閉，氣若游絲說道：「可不可以不要再問問題了？」張小嚕疑惑地看向前，問前座駕駛：「爸比，為什麼媽咪叫我不要再問問題了？」

「因為媽咪很累了。」我答道。

「為什麼很累就不能問問題？」

我想趁此良機，讓張小嚕學會同理心，便說：「當你玩得很累的時候，如果爸比還一直問你問題，你會怎樣？」

「我會閉著眼睛聽你講啊。」我又問，如果你已經很累很累很累呢？張小嚕說：「我就直接睡著啊！」——哇塞，此路不通，只能趕緊轉道。我再問：「如果你睡著了，你希望別人一直問你，讓你睡不著嗎？」張小嚕說：「我都已經睡著了，就聽不到人家問了啊！」我又只好改問：「如果你還沒睡著，別人一直吵你，你會怎樣？」張小嚕答：「我會很生氣！」

對了，太棒了，答案出現了，可以轉入正題。

「如果你懂得別人吵你，你會睡不著；那麼張媽咪累到想睡的時候，你不會吵她，那就是同理心。」

張小嚕馬上追問：「什麼意思？」他的問題很明白，他聽不懂這句話的最後三個字「同理心」。這時候，身為一名國文老師，很有必要對一個五歲多的小孩展開語言教養訓練。

「同理心，就是你會用自己的經驗，來體諒別人。」

「什麼意思？」張小嚕又問。

我問：「什麼什麼意思？」

張小嚕說：「就是你說的『經驗』、『體諒』，是什麼意思啦！」

「喔！經驗，就是你自己親身體驗過的事情，也就是你真實生活的總合；體諒，就是你會用自己的經驗去體會別人的生活，將心比心，然後能用更寬大的心胸去原諒別人。」

「什麼意思啦？」

「什麼什麼意思啦？」

「就是你說的什麼『體驗』、『總合』、『體會』、『將心比心』，什麼意思啦？」

先讓我們在這個地方稍稍停頓一下。——如果，讀者還沒有意識到，一個簡單的抽象名詞，對一個五歲多剛剛學習理解整個世界的知識與道理的小孩來說，是多麼困難的一件事，居然還想繼續無邊無際解釋、繁衍下去，那很可能真變成莊子所說「吾生也有涯，而知也無涯，以有涯隨無涯，殆已。」——就在我正思考應該如何解決這場問答，我阿母已經插進話來，而且她的話語，直指問題核心，迅速解決了問題，並且看起來還頗有智慧。我阿母說：「阿孫仔啊，恬恬啦！」（恬恬啦，閉嘴也）

只是沒想到，聽不懂台語的張小嚕，回答也同樣高妙，他說：

「什麼意思？」

雞住聲

幼兒園放學後，張小嚕在回家車上自得其樂朗誦起來，我聽內容都不是之前我教過他的詩，應該是幼兒園老師新教。聽他樂此不疲背誦了兩次，聲音裡彷彿有「知之為知之，不知為不知」，似在背誦《論語》章句。仔細再聽，又好像不是。只聽他背誦得開心：「雞雞不雞雞，木蘭當戶雞，——這便是我誤聽『知之為知之，不知為不知』的原文了——不聞雞住聲，唯聞你嘆息，問你何所思？問你何所意？你亦無所思，你亦無所意……。」唸完之後，張小嚕才心滿意足唸出題目：「北朝民歌，木蘭辭。」

張小嚕童音默成這樣，木蘭姊姊怪尷尬的吧？

我阿母不通國語，張小嚕才剛通一點國語，祖孫間溝通不免雞同鴨講。有一回我叫張小嚕拿水果給阿嬤吃，我阿母隨口答了聲「多謝」，張小嚕雖還聽不懂台語，但感覺這時候應該要派上巧虎所教的答謝詞「不客氣」，沒想到我阿母聽了張小嚕回答

「不客氣」之後，登時變臉，氣呼呼地跑來向我抱怨：「你子是按怎?我說多謝，伊講要給我『打乎死！』」——「不客氣」會聽成「打乎死」，此祖孫語言溝通之歧異也。

再有一回，我們全家正在坐電梯，張小嚕忽然抬起頭來，說：「Come here！」這其實是我們父子倆的小遊戲，我常對張小嚕說「Come here！」他就會從不遠處跑衝而來，然後我接起奔馳中的他旋轉繞飛一圈。張小嚕在電梯裡喊這一句，意思是要我衝向他，他也想要把我抱飛起來，這當然是句玩笑話。但張小嚕正巧站在我阿母旁邊，高度就在老人家的腰部之際，我阿母一聽他這話，登時又生氣了：「黑白講！我哪有『放屁！』你才『放屁！』」張小嚕委屈答道：「我沒有放屁啦！阿嬤怎麼說我放屁呢？」我阿母得理不饒人：「明明就你放屁，黑白講我放屁！」祖孫倆就為了「Come here」聽成「放屁」，在電梯內爭得臉紅口燥。

這就不難理解，當我們到石碇老街吃完我阿母最愛的白斬雞，準備回家，上車後我阿母關車門時不小心輕輕夾到了腿，張小嚕見狀便說：「爸比，阿嬤的腿夾住！」這麼平凡的描述，我阿母卻只聽清楚了最後的兩個字「夾住」，並且把兩個字的聲音給延長成三個字，變成了「吃阿母」。於是我阿母登時又抱怨了起來：「阿誠啊，你子講要『吃我』啦!我才吃幾塊雞肉，伊就不甘，要給我吃掉啦！」

沒錯，終於又繞回文章題目了，「雞住聲」有了雙關，除了朗誦之外，還有因吃「雞」而腿夾「住」所產生的「聲」音誤解啊。這是多麼曲折難解的題目，卻多麼像祖孫間的奇妙溝通啊！

史打舖

張小嚕讀幼兒園有英文課，老師發了一張「我的秘密檔案」，方便上課人手一張上台自我介紹。張小嚕拿回家已經好些天，我和妻都還沒能幫他填好，幼兒園老師每天提醒，希望家長趕緊填妥。這份A4大小的個人檔案並不難填寫，上半部只消貼張個人照，下半部則是姓名、出生年月日、家人等等基本資料（家人欄上我填了爸、媽和阿嬤之後，張小嚕問怎麼沒有旗山阿公、旗山阿嬤和惠婷阿姨呢？他們都是我的家人啊！於是再多填了三個人。補填的時候，張小嚕還不忘補充：「我有很多家人咧！」）難就難在還有兩欄是：「我的夢想」和「英文名字」。

我問張小嚕的夢想是什麼？他語氣堅定地答：「垃圾車司機！」這樣的回答對小朋友來說一點都不意外，太多小孩對垃圾車情有獨鍾。造型獨特、行車緩慢、車斗門會自動翻轉之外，垃圾車還會發出〈給愛麗絲〉的美妙樂音，綜合起來就更讓小孩如癡如醉了。如果從張小嚕經常獨自趴在地上推垃圾車模型，抿嘴哼吟〈給愛麗絲〉的陶醉神情來看，誰都會輕易發現他也是垃圾車廣大粉絲的其中一位。但是，讓自家小孩上台自我介紹說夢想是「垃圾車司機」，大概所有家長都會覺得怪怪的，雖說職業無貴賤，我們不應該有區別心，但哪個父母不是望子成龍、盼女成鳳呢？所以我和張小嚕商量：「要不要爸比幫你填『高鐵司機』，你不是也很喜歡高鐵嗎？」（這兩句話流露出多少父母的世故啊！）張小嚕斬釘截鐵說：「不行！你怎麼都不聽我的話（模仿張媽咪責備他的口吻），我說我要當垃圾車司機！」我遲遲不肯下筆，張小嚕也絲毫沒有退讓痕跡，最後經過我的三寸不爛之舌遊說，父子倆才勉強獲得到一點共識，最後夢想欄上寫的是：「公車司機」。等我寫完，張小嚕還不忘補充：「可是我最大的夢想還是垃圾車司機喔！」

我原以為要給張小嚕取個英文名字很容易，實際上卻困難重重。張小嚕堅持他的英文名字要叫「史打舖」，為什麼？因為他喜歡車，而且班上有位同學的英文名字叫作「巴士」（Bus，後來經我查證，人家是叫「Max」），張小嚕說：「他是巴士，我就叫他『停』，所以我要叫作『Stop』！」聽得我和妻面面相覷，不知如何是好。後來靈光一動，決定上網查英文名字。網路上有「男生英文名大全」，按照字母先後次序排列，還附有姓名原本含意。妻子認為既然兒子堅持，不如採諧音法，和「史打舖」相近的有「Stan」、「Stanley」（意思都是「草原、牧場」，廣闊無邊，含義還不錯）、「Stanford」（意為「來自多岩的津泊」，語意不清，不過有史丹福大學，意思應該也還可以才對），可是張小嚕都不願意，他還是堅持要「史打舖」。我又問他「Steven」（意為「王冠、花冠」）如何，和他喜歡的「Seven Eleven」的「Seven」的聲音很相近喔！——張小嚕還是搖頭！

接下來半個小時，我們另起爐灶，不採諧音法了，每個字母都來試看看。於是我們討論了「Leo」（意為「獅子、勇士」，和張小嚕的膽小怕生完全不相符，可是「互補」不也是一種命名方式嗎？），張小嚕搖頭：「爸爸，這不是英文，這是中文，『六』怎麼會是英文呢？」我又選了「Ted」（意為「有錢的監護人」，糟糕，大人的世故又露出馬腳），張小嚕又搖頭：「爸比，這也不是英文，比較像在嘆氣！」我又選了「Bob」（意為「輝煌名聲」，大人又犯世故嘛），張小嚕也搖頭：「爸比，你到底在說什麼（尾音拉高，又在模仿張媽咪責備他），我不會這樣『吧』（Bob）？」妻在一旁忍不住了，提供了意見，「Brian」（意為「有權勢的領袖、出生高貴」，父母有誰不愛呢）如何？我表示贊同，對張小嚕補充說道：「美國職籃有一個很厲害的選手，叫做『Kobe

Bryant』喔！」（Bryant是Brian的異體字）張小嚕回說：「可是我不會打籃球啊！」最後張媽咪靈機一動，覺得張小嚕個性溫和，就叫『Peace』好了！我也覺得好，只聽張小嚕笑得東倒西歪：「哈哈哈，屁屎，屁屎，怎麼一直放屁啊！」我們夫妻倆只好又回到螢幕，認真研究其他英文名字，最後還是張小嚕睿智說出：「我不想聽了，明天再取好了啦！」又是徒勞而無功，「我的秘密檔案」還是沒填完，明天又要開天窗了。

讀者一定好奇，不是每一篇文章都有嚕嚕的阿嬤出場嗎？有的，當然有，但是嚕嚕阿嬤聽不懂英文，所以篇幅被壓縮到只剩一小段，她只有一個疑惑，當她和平常一樣叫她的金孫「阿嚕」時，阿嚕卻一直告訴她不可以叫他阿嚕，要叫他「史打舖」。我阿母不明所以，納悶地問我：「你子是按怎？我叫伊阿嚕，伊叫我勿通叫，要叫伊『屎噗』，在那一直噗噗噗，一直放屁，這憨孫仔怎會這樣？」

很奇怪，這對祖孫一碰到英文名，就屁話連篇起來，這究竟是怎麼一回事呢？

陸客

張小嚕英文名字，長期難產。

張小嚕的表姊王雅惠，是暨南大學外文系畢業，特地從台中北上，準備了二十個最受歡迎的英文男孩名，讓張小嚕挑選。

我先看上了 Lucas，因為我從小愛看《星際大戰》，導演就是喬治．魯卡斯，頭兩個字還重疊了有張小嚕的小名嚕嚕（Lulu）。但是張小嚕搖頭，說他不喜歡。

雅惠姊姊覺得 Liam 不錯，台中姑姑和張媽咪深表贊同。但是張小嚕又搖頭，不喜歡。

我唸到 Luke 時，特別說明這是《星際大戰》的主角之一的名字，路克．天行者（Luke Skywalker），而且他有光劍哦（張小嚕也有一支，不過是演唱會的螢光棒，全家去看《冰原歷險記》音樂劇時買的），講完我又要繼續往下唸，但沒想到張小嚕居然點頭，說他要這個名字。

張媽咪先猶豫起來，說可是唸起來很像 Look，你喜歡人家叫你「看」、「看」、「看」，看來看去嗎？張小嚕說，沒關係啦。

我說，可是 Luke，唸起來很像「陸客」，「大陸客」耶！張小嚕說，那有什麼關係！你的爸比不是也從大陸來的嗎？

天啊，經過一年多的努力，張小嚕終於有了他喜歡的英文名了，我們家也多了一位陸客，喔不，是 Luke！

我們全家在德國餐廳熱烈討論張小嚕的英文名，我阿母則在一旁專心吃著德國豬腳、香腸和鄉村烤雞，她對德國的興趣，遠勝陸客！

油卡一特

張小嚕在回家的車上忽然問我：「爸比，你知道我最喜歡你對我說哪一句話嗎？」

我說不知道。張小嚕說：「你猜啊！」

「波兒棒！」不對。「你很有禮貌！」不對啦。「你很合作！」不對。「你對阿嬤很好！」不對。

我說，你提示一下嘛。

張小嚕提示：「就是每次你問我問題，我答對了，你會說的那句話啊！」

「喔，原來是：『答——對了！』」

張小嚕興奮回答：「答——對了！」

為什麼張小嚕印象這麼深刻？說穿了，就是他自己摸索、思考、表達之後，成功尋得答案的巨大成就感，——而我要做的事情其實很簡單，就是提問和不斷引導，讓張小嚕自行找出答案，然後再提供一個誇張表情與真誠心意兼具的肯定與讚美，所以一定要表情激動、語調高亢，先發出一聲「答」，拉長、舌頭吐向圓唇快速左右滾動，接著簡短有力喊出「對了」。張小嚕聽了會樂不可支，後來也常跟著舌頭一起伸出嘴唇，快速滾動，一起喊「答」，一起喊「對了」！——不用很久，張小嚕更學會了反客為主，直接對我提問、不斷引導，更學會了對我喊「答——對了」！

張小嚕跟著我到處演講學思達之後，他很快學會了另一個詞，很快地將「答——對了」打入冷宮。現在，當他正確回答我的提問之後，我又對他說：「答——對了」，他的表情沒有變化，舌頭沒有伸出來快速滾動，也沒有跟著複誦，只是一臉疑惑。

張小嚕問：「爸比，你怎麼沒有對我說『油』什麼的？」

我問什麼「油什麼」？

「就是你去演講，聽你演講的老師只要答對了，你都會用右手指著他，大喊『油什麼』的啊！」

「油卡一特？」

「對啦！就是油卡一特啦！」

我趕緊補一個「油卡一特」給張小嚕，張小嚕馬上樂不可支。

我問張小嚕：「你知道什麼是『油卡一特』嗎？」

「不知道啊！」

「不知道，那你為什麼要聽這句話？」

「因為聽了，就覺得很開心啊！」

我告訴張小嚕「油卡一特」就是英文「You got it」，中文就是「答對了」的意思啊！張小嚕說：「可是『油卡一特』聽起來就比『答——對了』，對的比較多耶！」

說到底，油卡一特和答對了，都是肯定和讚美。小孩愛聽，老人不愛嗎？當然愛。所以當祖孫倆又到景美夜市打彈珠，我阿母又打進了一個滿堂彩，螢幕上煙火連天，張小嚕轉過身，馬上對我阿母讚了聲：「油卡一特！」我阿母聽不懂，但她感覺得出來金孫正在誇她，她用台灣人的智慧告訴張小嚕：「不是『油卡一特』，愛講『你真鰲』啦！」

張小嚕馬上補了一句：「阿嬤，你真鰲啦！」

我阿母馬上樂不可支，神情和張小嚕一模一樣。

反話

人生氣時似乎都愛說反話。

我阿母鬧起脾氣，啥反話都能從嘴巴傾巢出來。舉例說，她其實不太愛去我大哥家住，但性子一來就愛說：「我來去你阿兄那裡住好了！較舒適！」我心知她不想去，只是耍脾氣，便好言相勸，老人家卻一路硬到底，到後頭我也惱火了，直說：「好啊！好啊！去啊，去啊！我開車載你去！」我阿母也不含糊，立刻回房打包行李，氣呼呼地拉著行李，一路從房門走向大門，但到了大門時，突然怒氣消餒了，便自言自語了起來：「我還是住在這裡比較舒適！」這個時候如果我還催她趕緊上路，她會怒氣沖沖說：「你給我趕喔！我就知道，你就是要給我趕出去，你才會歡喜！對啦，你就盡量『顧』你某、『顧』你子，不要『顧』你老母囉，沒想到我從你細漢給你捏捏捏捏捏捏捏捏到這呢大漢，結果你要……我就知道，你老爸叫你要好好給我照顧，結果……（底下省略數百句，費時十分鐘。）」這下可好，我只想順水推舟，反成了始作俑者。

張小嚕懂得說反話之後，沒多久就知道能和生氣連結在一塊了。可見「反話」和「生氣」是孿生兄弟。好比說，張小嚕玩溜滑梯玩得渾然忘我，美好時光一下子飛逝而過，妻要帶他回家了，張小嚕卻老大不爽。妻安慰他：「明天再玩，好不好？」張小嚕直搖頭，語氣充滿委屈：「不好！」妻又告訴他：「嚕嚕要做乖寶寶喔！」張小嚕又直搖頭：「不要！」

所以，有時候我問張小嚕：「張爸比的心肝兒子是誰？」張小嚕會說：「嚕嚕。」我又問他：「嚕嚕有沒有愛爸比？」張小嚕答：「有！」我又問：「嚕嚕有沒有愛媽咪？」他說：「沒有。」我又追問一次，張小嚕會很老成說：「我剛才說沒有了！」——但張小嚕和他的阿嬤一樣，他們講反話的意志都不太堅定，因為接下來我又問他：「嚕嚕沒有看到媽咪會怎樣？」

這小子馬上就忘了剛剛還在說反話呢，他會難過地說：「嚕嚕會睡不著！」

誇飾

不知為何，祖孫倆都愛誇大其辭。

我阿母但凡身上略有病痛，必極力張揚之，無所不用其極誇之、飾之。好比說退化性關節炎隱隱作痛，她就哀嘆連連：「阿誠，壞啊，我的腳『落』去囉！」不然便嘆道：「壞啦，我的腳『斷』去！未行囉！」哀嘆這話的當頭，常常是她從廁所好整以暇走向客廳沙發之際。這種話，我起碼聽過一千次了，從原先擔心憂慮到不以為意，因為壓根不嚴重。我只能淡淡回應：「腳斷了那會走？」我阿母倒是機智，特地看一眼摸膝蓋的右手，自憐自艾地說：「我若沒用手給扶著，敢有法度行？」——意思是「落去」、「斷去」的腳，只要用手扶住就能行走無憂了。

再有一次，我阿母緊張兮兮地伸出舌頭，用湯匙去刮，忙叫我看，我還搞不清楚狀況，便聽見我阿母焦急聲音：「壞啊！舌生癌囉！」等我聽清楚了，這才知道我阿母錯把馮京當馬涼，把「舌苔」看做「舌癌」。但是，無論我怎樣說明，甚至親自示範刮了一回自己的舌苔，我阿母仍半信半疑，問道：「怎樣你是白的，我的就是黑耶？」我只能苦笑：「我剛喝牛奶，你剛剛不是喝黑（芝）麻仔湯！」我阿母才恍然大悟：「對乎！」

張小嚕也有這種本領，在馬桶前尿尿時，喜歡對著自己造就出來的小溪，得意洋洋地說：「爸爸，你看，像不像洪水啊！」吃飯時，和缺牙的阿嬤一起掉了滿地，便指著地上飯菜，說：「爸比，土石流了！」尤其當他學會了從一數到十，又從十學會數到一百時，還追問有沒有更大的數字，再學會了千和萬，從此之後若問他現在擁有幾輛玩具車，他會驕傲地說：「我有一千台！」若問他新讀的幼兒園有幾層樓高，他認真地用手指數了數，一二三，然後只聽見他得意地說：「一百層樓高！」（這句話除了誇飾，還雙關了他最愛的童書《100層樓的家》）倘若問他現在長了幾顆牙齒啊，他會昂起小臉，興奮地說：「一百顆喔！」諸如此類，誇誇其談，不勝枚舉。

祖孫倆熱愛誇飾，很難不讓人聯想起李白也是如此，李白瞧見廬山香爐峰山谷間一條中型大小的瀑布而已，就忍不住地誇張：「飛流直下三千尺，疑似銀河落九天」，驚見鏡中幾條霜白髮絲而已，也要誇張一下：「白髮三千丈，緣愁似箇長」。——由此可見，李白也很童心，要不就是，我阿母和張小嚕也很有詩仙異稟。

這一天，我阿母又再一次杞人憂天了起來，忽然問張小嚕一個她時時琢磨的難題，這問題不好答，我站在旁邊難以插嘴，正捏著冷汗。只聽得我阿母問：「阿孫仔，阿嬤敢有法度活到一百歲？」張小嚕咕嚕著兩顆大眼珠，汪汪看著阿嬤，然後用他不太靈光的台語昂聲回答：「未啦！」我阿母聽見「未啦」兩字，臉色登時大變，但不用很久，老人家馬上就破顏大笑，因為她的金孫張小嚕臉上洋溢著真誠、自信與得意之色，一個字一個字抑揚頓挫、異常堅定地再度說出：「阿嬤，你—會—活—到，一、千、歲！」

抽換辭面

抽換辭面是修辭格「錯綜法」當中的一類，指行文刻意使用兩個以上的同義辭來指稱同一事物或意義，藉以避免辭彙的重複、單調。徐志摩〈再別康橋〉有「輕輕的我走了，正如我輕輕的來」，下一段句子就改成「悄悄的我走了，正如我悄悄的來」，「輕輕」其實就是「悄悄」，意思相同，卻更換了不同的辭語。我阿母和她的金孫張小嚕也愛用「抽換辭面」。

有時我阿母想試探些什麼訊息、或想發表些什麼意見，好比說「聽說明天要放假啦」、「聽說天氣很好適合出去玩呀」、「垃圾好像不可以亂丟喔」……然後她必然還要補充說：「這是別人講耶！不是我講耶！」這個別人，肯定不是別人，而是她自己。——這種情況，勉強稱得上是抽換辭面的變格。

張小嚕也愛抽換辭面，但和阿嬤稍有不同。這小子開始學講話，漸漸就察覺到某些辭面是能夠抽換的，如他剛從ＤＶＤ裡的巧虎那裡學到母親節得向媽媽說「媽咪，我愛你」、對阿嬤說「奶奶，我愛你」之後，領悟到名詞的可抽換性，他就舉一反三，多說了幾句：「爸比，我愛你」、「阿公，我愛你」（外公）、「旗山阿嬤，我愛你」（外婆）。而更讓人印象深刻的是，有一回當我阿母送給他一項玩具，我要他向阿嬤謝謝，張小嚕立刻把他的小臉和大眼睛深情地望著我阿母說：「謝謝阿嬤！」然後他著急對著在場所有人連珠炮一般地補充：「謝謝爸比、謝謝媽咪、謝謝姑姑。」然後趕緊去拆自己的新玩具。

由此可知，我阿母的抽換辭面善於隱藏自我心意，而張小嚕則是喜好擴而充之。

再有一次，張小嚕和我躺在床上邊玩邊準備就寢，張小嚕把頭枕在我的胸膛，我笑瞇瞇地叫他：「心肝兒子張小嚕！」他有樣學樣起來：「心肝爸比張爸比！」然後我又叫他：「心肝兒子！」他又學講：「心肝爸比！」然後他就又開始抽換辭面，大喊：「心肝媽咪、心肝阿嬤、心肝姑姑、心肝旗山阿公、心肝旗山阿嬤！」

張小嚕抽換得對極了，我們全家都是彼此的心肝啊。

層遞

張小嚕有三個絨布玩偶，小白年資最老，是隻北極熊，原是我從娃娃機抓來（我是娃娃機達人），張小嚕取名為「白白」；第二隻是小恐龍，原在新加坡環球影城侏羅紀公園買得，小名「龍龍」。第三隻是在華納威秀影城，買爆米花套餐附贈的羊年吉祥物，粉紅小羊，小名「羊羊」。

這一天，張小嚕再度邀我和阿嬤回到十樓玩Wii，在電梯裡懷抱著三隻絨布玩偶，一邊對我和阿嬤說：「羊羊是龍龍的寶貝，龍龍是白白的寶貝，白白是我的寶貝，」然後把手指先指指自己，再指向我說：「我是你的寶貝，」又指向阿嬤：「你是阿嬤的寶貝喔！」

張小嚕學會了層遞，也學會了，愛是相互關連！

輯五

小變化

鬍鬚

鬍鬚，是我們社區鄰居，一共有兩個。頭一個鬍鬚，滿臉絡腮鬍，年紀五十上下，身材中等，渾身精實肌肉，有初老熟男的粗獷韻味，是一家腳底按摩院的老闆。我阿母初上台北與我同住，鬍鬚和他的太太覺得我阿母實在「古錐」，頗有來往，很是善待。不過，要不了多久他們就會發現我阿母的古錐，平衡不了天天登門的嚴重打擾，以及毫不間斷的嘮叨和無關宏旨的碎唸，於是敬而遠之，漸行漸遠，終至不相來往了（這種事我從小看到大，早不以為異了）。

另一個鬍鬚，只有嘴上一排剛硬短髭，笑臉迎人，原是某報社編輯，現今退休在家，養了兩條中型犬，每日在社區公園裡遛狗，久而久之就和時常出沒公園的我阿母熟稔，尊稱我阿母「阿葉仔姐」。這個鬍鬚，一開始當然也覺得我阿母古錐，但出乎意料，多年來卻始終對我阿母很好，未曾齟齬過。我阿母三不五時登門打擾不說，還經常託他買東西，如便當、醬油、飲料之類，沒想到鬍鬚也真的去買，買來後交給我阿母，我阿母本性難改必然亂嫌一通，嫌便當難吃、嫌醬油太鹹、嫌飲料太甜。說也奇怪，鬍鬚也不以為意，日後我阿母又託買，他居然還是願意跑腿（正常人絕做不到也）。鬍鬚之所以有此寬宏大量，想來許是與他信佛有關，佛心堅定若此，也許認為若能度得了我阿母，天下豈還有不能度之人？無論如何，想到鬍鬚真心實意對我阿母如此之好，讓身為兒子的我，很是感激、感動。

鬍鬚，在我阿母的印象中，總充滿善意與親切。但對她的金孫張小嚕而言，鬍鬚，就不那麼容易感受到善意與親切了。

有一回，吾妻帶張小嚕搭公車。上了車，博愛座上坐了一位老伯伯，一旁還有個空位，張媽咪要他坐下，張小嚕卻說什麼也不肯，堅持站著。下車後，張媽咪問他為什麼不坐，張小嚕說：「因為他有很多鬍子啊！」張媽咪為了確認，於是再問一次：「因為老伯伯有很多鬍子，你會害怕，所以不敢坐在旁邊是不是？」

「對啊！」

張媽咪要向張小嚕說明鬍子並不可怕，於是想到簡單的邏輯推理加以開導：「那你會怕聖誕老公公嗎？」

「不會啊！」

「可是聖誕老公也有很多鬍子啊？」

張小嚕馬上皺起眉頭：「那我會害怕！」

張媽咪說：「可是聖誕老公公會送禮物給小朋友喔！」

張小嚕露出笑容，旋即改口：「我現在長大了，不會怕聖誕老公公了！」

總算開導成功，張媽咪鬆了一口氣，胸有成竹地再問了一回：「那你現在還會不會怕有鬍子的老伯伯呢？」

嚕嚕不假思索，語氣異常堅定：「會啊！」

生氣

什麼事情容易讓人生氣？祖孫倆大不相同，但生起氣來，模樣是大同小異。

我阿母生起氣來，無非就是鬧脾氣：說她要回去了，說她要自己出去玩了，說她再也不理我了，「等這麼久，腹肚將欲餓死！」——沒錯，最後兩句，才是答案，我阿母肚子一餓，若還不趕緊帶她出門覓食，時間一分一秒過去，老人家的氣就會越積越多，積到受不了了，就會像火山一樣爆炸。

張小嚕則不太一樣，有時候他會莫名其妙亢奮異常，甚至無理取鬧，怎麼講都講不聽，起初我並不知情，覺得這小子怎麼這麼嚕（是的，嚕嚕，張小嚕的小名就是這樣來的），對他疾言厲色，張小嚕竟然天不怕地不怕，繼續鬧，結果當然會被我罵得更凶，甚至還遭到懲罰，最後委屈地流下兩行清淚，我看他可憐，抱來胸前呵護，沒想到，才抱一下，瞬間，秒睡。——是的，想睡覺了，張小嚕就容易生氣。

說來奇怪，天底下就有那麼多次巧合，祖孫兩人，一個剛好肚子餓，另一個剛好想睡，那可就熱鬧無比了，我阿母再度發起脾氣說自己要出門了，我先好言相勸，同時必須趕緊放下手邊要緊事，趕緊換裝，趕緊準備出門覓食，但張小嚕因為生理時鐘啟動，睡意洶湧，脾氣已經胡亂發作，——這時候我就必須顯出三頭六臂才行。——當然，讓我們先暫時略去中間各式各樣拉鋸折衝的繁瑣過程，其難度大約只輸美國國務卿試圖調停中東情勢而已，直接跳往結果，結果常常是終於順利讓張小嚕在我右手懷中安穩睡著，我又再次順利左手牽著我阿母，歡喜出門準備覓食，——這一刻的寧靜與平和，大概就是我每天最平凡的幸福了啊。

威脅

所謂威脅，指以地位、武力、財力等等威勢迫使別人屈服。

我們家祖孫雙寶，性子一來，也愛威脅別人，但他們的威脅籌碼，完全打破傳統定義。

我阿母性子一爆炸，什麼狠話都能從嘴中說出，可是性子將爆未爆之際，頂多先之以威脅，威脅的話常讓人摸不著頭緒：「好啦！你若是有才調，你就不買飯給我吃啊！」或者是：「好好好！你鰲！你鰲就不要每晚轉來陪我吃飯！」又或是：「好啊！你就不要每天回來看我啊！當作沒我這個老母啊！」——奇怪，這是什麼邏輯？我不買飯回來、不每天回來陪吃飯、不每晚回家看老人家，吃虧的人不是我阿母嗎？不信，請看：有時我若有一天晚上有事不能回家（但已預先為老人家準備好翌日吃食），隔天我阿母必然哀嘆：「我就知啦，你不愛恁老母囉啦！給你老母拋棄囉啦！」——聽我阿母這樣說，我真是哭笑不得，有時我還耐著性子好說歹說安慰一番，結果老人家變本加厲，後來我也受不了了，性子一起，就說：「好啊！好啊！我明天不要買飯了！」「不回來陪你吃飯了！」「不回來看你了！」不說還好，一說完，我阿母逮到證據一般，罪證確鑿：「給我猜中了乎！我就說你不要我囉，你還講無！我早就知影啦！你不要恁老母囉啦！（以下省略二十分鐘的重複跳針的話）……。」

說也奇怪，張小嚕還沒聽過阿嬤這樣鬧過，但他也學會這招（難道這是孩童天性？），要是我和妻不順從他的意見，他也馬上進行口頭威脅：「你不聽我的話，以後就不跟你好了！」或者「你不聽我的話，以後就不跟你做朋友了！」這還是正常版。變化版則是這樣：「你不聽我的話，以後就不准你幫我洗澡了！」或者是：「你不聽我的話，以後就不讓你陪我大便！」奇怪，幫忙洗澡、陪大便怎麼在張小嚕眼裡居然成了莫大光榮、無上恩寵？

但是，兩個愛威脅的人碰在一起會怎樣呢？

張小嚕率先對阿嬤發難：「你不乖，我以後不要上來十樓玩了！」阿嬤也不甘示弱：「不來就不來，我咧驚你！」張小嚕又說：「我不讓你玩我的玩具了！」阿嬤什麼也沒說，直接動手把玩具搶過來，還挑釁：「還不是在我手頭，我才不要給你玩！」

張小嚕試圖搶回玩具，但是不敢對手，便發動另一波攻擊：嚎啕大哭！阿嬤冷眼旁觀，甚至還在一旁火上加油：「哭啊！盡量哭啊！看你還會這鴨霸未！」

有時則是阿嬤率先發難，張小嚕已經在沙發上又跳又叫，擾得阿嬤吃不下飯好一陣子了，阿嬤喊道：「阿孫仔，你不通再跳囉！你再跳我就給你跪！」（這是什麼邏輯？況且張小嚕也聽不懂什麼叫做跪？因為還沒罰他跪過。）張小嚕看阿嬤半開玩笑頗為激動之貌，覺得很有趣，繼續跳著。阿嬤受不了：「阿孫耶，不通再跳囉，再跳你就不要拿零角仔給我！」——這威脅的話有點兒費解，因為張小嚕看到桌上有零錢，馬上就要收集起來，我問他做什麼，他說：「我要拿錢給阿嬤，因為阿嬤愛錢錢，不，是喜歡錢錢，因為阿嬤喜歡投錢錢坐公車啊！」

祖孫的威脅，道理其實很簡單，就是用彼此的關愛和不捨來迫使對方屈服。

計較

據說家裡若有兩個小孩，買什麼東西都得成雙成對，要不，二桃殺三士，一個玩具反成了小孩倆的爭鬧開端。說也奇怪，我們家只有一個小孩，可買啥東西也得成雙成對，要不，很快就聽見我阿母抱怨：「阿孫仔有，我哪沒？我就知你只有對你兒子好，不甘對我好！」

這個「阿孫仔有」，到底是「有」什麼東西呢？不外就是便利商店裡張小嚕愛喝的養樂多，買來一罐，我阿母就吃味了，說她怎沒得喝？然後，由此推而廣之，逢上買飲料、買零食、買漢堡薯條、買熱狗都得一式兩份，並且品項、分量、口味必得一模一樣，以免有厚此薄彼之嫌。如有一回我買了草莓給張小嚕吃，我阿母明明怕酸不愛吃，但她看著金孫津津有味吃著，心裡就有些不平衡了，不免搖頭嘆息一番：「我就知道你只顧子，不願顧老母啦！」我趕緊分些草莓給老人家吃，我阿母一吃，果不其然，擠眼皺眉：「我父我母，酸鬼仔尿！誰吃得下去！」又統統還給了孫子。

食物之外，玩具也計較。

張小嚕有不少木頭及塑膠積木，當他在堆高成樓、增廣築堡時，我阿母看得入迷，也從沙發上挪坐到地板，兩人開心地見它起高樓、又見它樓塌了，層層疊疊，堆堆垮垮，卻樂此不疲。祖孫能如此和平相處，都得歸功於積木數量不虞匱乏之故。不然，像張小嚕玩起獨自擁有的唯一一輛太魯閣模型小火車，或夜市打彈珠換得的閃光陀螺，一遍又一遍地在地板上滑來滑去、轉來轉去，看得我阿母是心癢難耐，頻頻央求：「給阿嬤玩一下啦！」張小嚕和所有小孩一樣，壓根不愛分享，不久就會聽見我阿母朝我大喊：「阿誠仔，你子都不要讓我玩一下啦！」

張小嚕有時生病看小兒科，醫生看完診之後都會送他一張貼紙，我阿母看到了也興奮地跟醫生要一張。有時，超商滿額有送集點貼紙活動，張小嚕喜歡撕開貼紙，貼進集點紙上。我阿母看金孫如此愛好，便時常獨自到超商買東西，只為了獲得貼紙，有一回她神祕兮兮地跟我說，等收集好了要送給金孫。不料，祖孫偶爾輕微口角，我阿母便氣呼呼跟我說，貼紙不要送給金孫囉，她自己要拿去換東西云云。結果有一天晚上，她拿出她辛苦收藏的貼紙，失望地對我說，店員說她的貼紙不能換，問我到底是什麼原因。我一看她打開的貼紙，就噗嗤笑出聲來，貼紙除了密密麻麻貼在房屋仲介的廣告單上之外（不是貼在集點紙上喔），兌換時間還早已經過期了，更好笑的是，我阿母不識字，她把統一、全家、萊爾富、吉野家等商店的貼紙統統都貼在同一張上，歪七扭八，相壓重疊。我阿母之所以如此失望，其實還不全然是因為沒換到贈品，而是她對我說的：「氣死人，講換沒玩具，我是要把玩具送給阿孫仔趣玩的咧！」說到底，她還是疼她的金孫。

當然，愛計較並不只有我阿母，張小嚕也是。有一回，我阿母略感發燒，要我用耳溫槍幫她量體溫，張小嚕看見，便說：「爸爸，我的手也熱熱的呢！」我說：「阿嬤是頭熱熱的！」張小嚕趕緊補充：「可是我的頭也熱熱的呢！」意思是阿嬤量一下，他也要量一下。

祖孫愛計較，最經典的一幕是：張小嚕愛吃魚眼睛（此優良嗜好實遺傳自其父母），我阿母見金孫愛吃，也嚷著要吃，幸好魚眼公道，都有兩顆，祖孫各自滿足，倒也相安無事。那回我們又到漁港，煎了一條中型魚，魚才剛上桌，張小嚕就先喊要吃魚眼睛，我阿母也跟著喊了。當然家庭倫理必須敬老讓長，我跟張小嚕說，先給阿嬤吃，另一顆等一下再給你。張小嚕說好，只見我阿母滿意地接過魚眼睛，逕自吃下不用細表。然後就在我翻開魚身之後，這才赫然發現，另一側的魚眼部位竟是空洞洞的，了無一目，——這下可好，魚眼消失了！剎那間，全家面面相覷，不知如何是好！如果可以，我阿母應該會願意吐出已經下肚的魚眼睛，但是生米煮成熟飯、覆水已經難收。這一幕實在過於滑稽、太像搞笑劇，張小嚕先是失望地問了聲：「爸爸，魚眼睛呢？」張媽咪還試圖解釋廚師在煎煮的過程中可能不小心弄掉了魚眼睛之類的，我阿母卻忍不住開口先笑了，我和妻也跟著笑，張小嚕看著我們哈哈大笑，他也跟著笑，一邊笑還一邊說：「哈哈哈，魚眼睛不見了！」

在笑聲中，有一種精神上的難以言說的境界，超越了語言、也超越了計較，在我們全家的心靈之間深厚地流動著。

也。

感冒

張小嚕進幼兒園讀書，同學間都還沒熟識，就已經開始分享。分享啥？分享病毒也。

張小嚕進幼兒園第三天，人就發燒了。小兒科醫師經驗老到，劈頭便問：「是不是開始讀幼稚園了？」——可見大家都知道，幼兒園是大毒窟。

從前我和妻到中美洲墨西哥，看阿茲特克帝國遺留至今的宏偉金字塔。聽導遊講解，不免驚心，說是阿茲特克人久遠留傳下來的神話，海上會有白色之神前來拯救上天國。果真一四九二年哥倫布發現新大陸，抵達西印度群島，之後過了幾年，一五一三年西班牙航海家越過巴拿馬地峽抵達太平洋，一五一九年阿茲特克帝國被印加帝國消滅，一五二三年印加人看見第一位西班牙人登陸，真個是白帆白膚，一如阿茲特克神話裡的白神祇，印加人友善地握著西班牙人的手。這一握，竟把印加帝國給握壞了，西班牙人手上的病毒隨著握手接觸而瘋狂蔓延，一手接一手傳遞，席捲了整個印加帝國，——可憐的印地安人，血液裡純淨無毒，沒有抗體，任由天花（一說麻疹或傷寒，總之奇毒無比）肆虐，帝國死傷慘重，最後竟在病毒之中沉淪、衰頽，走向滅亡。

這才恍然，現代人全身都是毒，對無毒原住民來說更是如此。

現代人打從一出生，就開始接觸毒、適應毒、抵抗毒。幼兒出生要接種一針又一針的疫苗，疫苗從病毒提煉而來，反過來抵拒毒。沒有接種疫苗的小孩，太危險；有打疫苗的小孩，對其他沒打疫苗的小孩，更危險。

但是，百密仍舊多疏，有些病毒壓根無藥可解、無疫苗可抵拒，感冒病毒就是其中一個頑劣分子。據說感冒病毒數量繁多，而且變種迅速，一旦染上，只能治標，頭痛醫頭、喉痛醫喉，最後還是得依靠自己的免疫系統，才能克制病毒。

張小嚕發燒之後，吃藥退了燒，繼之以流鼻涕、咳嗽，好不容易吃了一週的藥，止了鼻涕、停了咳嗽。沒想到只隔三天，又開始上吐下瀉，趕緊去看醫生，說上次是「單純型」，這回換成「腸胃型」，又吃了一週藥，終於痊癒。但只維持了三、四天健康，張小嚕又開始流鼻涕，小手指著喉嚨說：「痛痛！」

醫生和過來人父母都會輕描淡寫：「這很正常，到了國小四、五年級，情況自然好轉！」原來這是病毒交換常態，——不經一番毒徹骨，焉得健康寶寶來！

張小嚕感冒，病毒和西班牙人手上的毒一樣，快速傳染，我和妻不久也感冒了。自然，我阿母也逃不過魔掌。我和妻感染感冒，尚且容易痊癒，老人家感冒就得拉長到兩三週才能康復，對我阿母而言是一大折磨。所以，我會採取隔離措施，但隔離才兩天哩，我阿母就受不了了，——為什麼不讓她看金孫！

金孫來了，張小嚕一如往常跨上我阿母的大腿，嘟嘴就要親。我阿母雖然疼孫，但見識過感冒的可怕，急忙轉頭閃躲。張小嚕一臉疑惑，無法理解，轉頭問我，為什麼阿嬤不讓他親？我說，你正在感冒哩！

張小嚕一臉無辜，喊著：「可是我想分享感冒給阿嬤ㄋㄟ！」

看醫生

祖孫看醫生，又愛又恨。

恨的是看醫生這件事本身，愛的是看醫生之後的附屬品。

好比說張小嚕一聽到感冒了要看醫生，他迫不及待就要趕到小兒科診所報到，一到診所，馬上愛恨交織。醫生說要吸鼻涕，他斷然拒絕，可是鼻涕已經讓他睡覺時變成了齁齁叫的豬公，甚至鼻子已經不能自由讓空氣進出，他還不太會用嘴巴呼吸，吸不到空氣，經常半夜都要起來生氣哭鬧，很是可憐。醫生很快地把附屬品拿出來談判，一張「汽車總動員」的貼紙，張小嚕看到是「閃電麥昆」，便默默伸出手、默默收下、默默點頭。醫生趕緊準備把吸鼻涕軟管放進鼻管，護士小姐和我各就各位，抓頭的抓頭，按下巴的按下巴，但張小嚕還是緊張，用力搖掙著頭，我們以為他要掙脫，急忙強壓，張小嚕忽大哭，說：「你們不要抓我的頭啦！」聲音之壯闊，透露出堅毅壯志，他要單刀赴會，不用他人相送扶持。然後就看見張小嚕從容昂首，讓醫生吸鼻涕（如此勇敢，下次吸鼻涕，他還怕嗎？當然怕！他之所以故作從容，不是性格，而是貼紙）。順利吸完鼻涕，醫生想教他自己擤鼻涕，他不願意，因為已經犧牲過一次了，一張貼紙就只能犧牲一次。醫生再取出一顆糖果，張小嚕搖頭，拒絕，因為吸鼻涕太讓人不爽快了，不能再迫於物質誘惑了。醫生加碼兩顆，張小嚕想了一下，又默默伸出手、默默收下，委屈地說了聲：「好啦！」然後神情緊張、雙手握拳……。

我阿母每三個月要到萬芳醫院拿一次慢性病處方箋，家醫科林正清醫師希望她最好能半年抽一次血，追蹤病情。沒想到平素算術很差的老人家，忽然精明起來：「那奇怪，看兩次醫生就愛抽一次血？」從二樓往一樓檢驗科抽血時，我阿母走得又慢又累，好像這是四十二公里的全馬拉松路程，我拉著她走快些，她還抱怨：「對啦，不是抽你的血，你就走這快啦！」等到針管已經插入手臂開始抽血，我阿母急忙叫喊：「唉唉唉，好囉好囉，血給你抽了了囉！」好不容易抽完，我阿母還在抱怨不迭時，我已經抽出一張青仔面（我阿母對一千元的暱稱），我阿母看見看醫生的附屬品，一張亮晶晶的青仔面，她的抱怨馬上停了、糾結的表情立即鬆弛了、疲累的腳步登時靈活起來了、痛苦按壓針孔的右手也緩緩放開了（我得趕緊幫她壓好）、愛憐俯看針孔處也昂首得意起來了……。

但是，祖孫也有不同處。

我阿母身體一有不快活，馬上反射出鄉下人的醫療習慣，打一針。我阿母時常說：「快帶我去注一支大筒仔！」我帶她去看完醫生，當然都不打針，我阿母很不開心：「沒注射，破病哪會好？」任憑我如何解說，我阿母只說：「我聽你咧黑白講！」

張小嚕和阿嬤在這一點就很不同，阿嬤求打針卻不得，張小嚕求不打針卻不可得。張小嚕頭一回打預防針，還嘻嘻哈哈的，針一下屁股，他才恍然大悟，痛，我的天啊，痛啊，馬上做出驚人反應，嚎啕大哭。後來，又要打預防針（小朋友真的要打很多預防針），張媽咪才幫他脫褲子露出屁股，針都還沒出現，張小嚕就已經開始嚎啕大哭了。——這是典型制約反應。

阿嬤看到這一幕，心裡很不是滋味，為什麼金孫，針都還沒上，就哭成這樣？到底有什麼好哭的？同時她也感到納悶，為什麼金孫可以一直打針，她卻不行？

眼藥水

我阿母眼睛發炎，看完醫生，照例得點眼藥水治療。點眼藥原就輕鬆容易，但對我阿母卻異常困難。她老人家自己完全點不進去，試想有人是低著頭在點眼藥水的嗎？我阿母就是這樣點的，半瓶藥水只碰到睫毛就落在地板上，我阿母還能「閉眼說明話」，得意地說：「我自己抹好囉！」這樣點藥如果奏效，只能稱呼神蹟了。

於是，身為兒子的我就得親自出馬了。

我讓老人家抬起頭來，右手持藥水瓶，左手貼住上下眼眶，才正要打開眼皮，我阿母登時雙眼緊閉，牢密程度可比遭遇白鷺的蛤蜊，我完全翻不開眼皮。我拍拍她的肩膀，要她放輕鬆一點，老人家睜開眼，笑著說：「啊我就會緊張！」

我又試了幾次，仍舊固若金湯，堅不可開。軟性溝通無效，只好來硬的了！只見我上下用力一撥，卻只見一絲新紅月般的下眼瞼，因為我阿母的反作用力更大，她閉眼用力之大居然把皺紋全聚集在眼睛四周，如巨大的水草漩渦，好似要把我的手淹沒吞食。我只好趕緊放手，再讓我阿母放輕鬆。但接下來幾次，情況仍是如此，我只好變通，趁拉出一枚新月下眼瞼時，便趕緊點入藥水，——不用說，大家也知道，只有一丁點「水絲」點入眼瞼，其餘都被排擠到了眼眶，然後又隨著阿母低下頭全都流到地上了。

點眼藥水，尚且如此之難，若是醫生還開有眼藥膏，那真是難上加難了。點藥膏最常見的結果，和點眼藥水的最大不同是，藥水會流下來，但藥膏不會，於是我阿母的右眼或左眼，變得很熱鬧，眼窩上黏一坨透明稠物，我阿母開眼閉眼，稠物也跟著上上下下。至於有沒有塗進去，有沒有藥效，只有天知道。而且我阿母和我的耐性都沒有了，她再也不肯勉強開眼讓我點藥，而我也沒好脾氣點藥了。

張小嚕在一旁目睹了這一切，但他還不懂得其中意義，他只是笑著說：「爸爸，阿嬤的眼睛都打不開喔！」但是過不了太久，張小嚕就會懂得他所目睹的一切種種意義了。也許因為泡了不乾淨的溫泉水，張小嚕患上急性結膜炎，得點眼藥水和藥膏。張小嚕在點眼藥的表現上，和阿嬤同出一轍，他也緊閉眼關，用力撥開也只露出一枚新月瞼，也只能點進一絲絲藥水（藥膏得趁熟睡才有可能塗上，沒熟睡時還會用手撥開我的手），這時後張小嚕怪不好意思，但他突然懂得了阿嬤的「緊張」，懂得了阿嬤的「矜持」與「閉鎖」，他會趁我拍拍他的肩膀時，張開大眼，好像安慰我說：「爸爸，我和阿嬤一樣，都睜不開眼睛喔！」

腰子

這一天早上八點上課到十點，旋即趕往台大，上課到十二點十分，接著參觀pagamo科技公司，和台大電機系葉丙成教授吃小公館牛肉麵，充當午餐。再趕回中山女高開會。開完會，狂做講義，直到四點二十分，又到教室補上課，直到五點十分。已經累歪歪，幾乎沒有一分鐘休息。

下課後，買晚餐回家，陪我阿母吃飯，看三立電視台台語新戲《親家》。飯後，再看完《親家》，就帶我阿母直奔萬芳醫院就診。抽完血，怕我阿母枯等結果，會累，便先開車載我阿母回家休息。再趕往醫院，看報告，和家醫科林正清醫生討論我阿母的檢驗報告。回到家十點多，洗澡，再整理一下網友老師的問題，編成一篇學思達解惑文章，十二點，昏倒睡著。

我阿母的腳水腫了，這是糖尿病患者遲早要出現的症狀，末梢血管可能產生病變，又或者心、肝、腎某個器官出問題。但我阿母怕抽血，不想去醫院，我說一定要去。我阿母臉色一沉，性子一起，語調便高昂了起來：「不要，我甘願死死耶，也不要去，我要去和你爸做伴！」

我沒有接話，沉默了一會兒，最後才一個字一個字慢慢說出口：「阿母，你艱苦，我也會艱苦；我看你艱苦，我會毋甘咧（捨不得）！」

說完，眼淚一顆顆掉下來。

我阿母直看著我：「你會艱苦喔。好啦！咱來去病院。」

檢查報告出爐，回到家，我跟阿母說：「腰子有變較壞，不過，還不用洗腰子，以後要特別細膩（小心）、斟酌（仔細）。」

我阿母躺在床上，半夢半醒，聽到不用洗腎，笑得很開心。離開床鋪前，我彎下腰，抱住她，給她一個吻，親在臉頰，又親在額頭，——像親張小嚕一樣。

恐懼

早上，張小嚕看了名偵探柯南的電影《業火的向日葵》。這小子看戲入迷，看到怪盜基德，和他拋出的基德卡，害怕到晚上不敢睡，臨睡前還特別要求我講的《西遊記》故事必須讓孫悟空打敗怪盜基德。講完還是怕。平常我只需要在旁陪睡即可，但這一天張小嚕特別用雙手夾住我的臉，移到他側躺的臉頰，說：「爸比，你的臉要看著我才行，我怕怪盜基德來！」父子倆，鼻子對鼻子，呼吸相對，張小嚕終於才安心睡著。

前幾天，我和我阿母一起到怡客吃午餐。

只有我們母子倆，我阿母靜靜陪我改月考作文。

我阿母說，咱母仔子來攝一張，這才發現我的手機自拍鏡頭沒有刮傷。

上週萬芳醫院腎臟科主任說，我阿母的腎臟功能，一百分已經只剩十一分（半年前剩二十幾，和醫生預估的時間差不多），腎臟病第五期，隨時都要有洗腎的心理準備。

主任還說，令慈二十多年糖尿病，能撐到現在，已經算是控制很好的了。

我阿母堅持不洗腎，她說甘願死死去。

今天又說，她還不想死，她想多看看我。我知道她害怕，她感覺洗腎就是走向死亡之路，先父也是如此，但事實並非如此。我什麼話都沒有說，只是在旁邊聽她說，然後給她一次又一次的擁抱。

我常想，還能有多少次的機會，我可以這樣和我阿母靜靜坐在咖啡廳，我改作文，她看著來往人潮，感覺到熱鬧，她陪著我，我陪著她，即使她說要上廁所，我推她進去殘障廁所，尿尿同時撇了幾條軟便，我抬起她的屁股，幫她擦好屁股。

這些過程，我都能感覺到飽滿而寧靜的幸福。

會不會

張小嚕和阿嬤爭吵著剛剛看完醫生之後送的貼紙。

明明一人一張，但張小嚕還覬覦阿嬤手上那張，阿嬤自己也想要，堅持不給。

回到家，阿嬤去上廁所。張小嚕忽然問我：「爸比，我長大了，十樓阿嬤是不是就會死掉。」

我一聽，心頭一震，以為他還在生阿嬤的氣。我問他為什麼會這樣問。

張小嚕說：「因為我長大後，阿嬤就一百歲了啊，一百歲就會死了啊。」

我小心翼翼再問：「阿嬤死了，你會怎樣？」

張小嚕低聲說：「我會哭哭。」然後便低頭不語。——我一聽，眼淚幾乎奪眶而出。這就像幾天之前，我阿母對我說：「阿誠，以後我若死去，就看不到金孫囉！」——這是祖孫間難以言說的深情。

標本

去幼兒園接張小嚕下課，我們父子倆並肩走到中正紀念堂，途中聊到恐龍展，我提及恐龍標本。張小嚕問：「標本是什麼？」我說，標本就是動物死掉之後，人們保留牠原先的骨頭、皮毛，製作成原來那隻動物的樣子，就叫「標本」。

後來父子倆逛完紀念品店，張小嚕沒買到他想要的老虎絨布偶，只好另選一樣物品當表現良好禮物，小國旗。然後就去國家音樂廳外面的摩斯漢堡吃晚餐。

張小嚕一邊揮舞著小國旗，一邊問我：「爸比，你知道以後你死掉了，我會做什麼嗎？」

我答不知道。

張小嚕說：「如果鱷魚很餓，我會把你的肉割下來，給鱷魚吃，然後把你的骨頭，放在家裡，當標本。」

我好奇問：「為什麼要把骨頭放在家裡？」

張小嚕說：「因為要紀念你啊！」（敏感讀者應該會注意到我們正在中正「紀念」堂。）

我說：「喔喔，原來如此。」——我很開心張小嚕能這樣坦然談論生死，因為之前他曾問我：「人老了會怎樣？」我對他說，人老了，會死。人存人沒，就像白天黑夜，花開花落一樣自然，即使他捨不得十樓阿嬤，將來阿嬤老到盡頭了，也會死亡，這是人生無可避免之事，與其避諱不談，不如坦然面對。所以，當我還想繼續往下說，如果張爸比將來死掉之後，可以選擇火化（不一定要給鱷魚吃啦），可以將剩下的骨骸葬在樹下（放在家裡，作風好像太前衛了），就已經聽見張小嚕小小聲補充了一句：

「而且，因為我很愛你啊！」

輯六

小遊戲

入戲

我阿母和張小嚕都容易入戲。

我下班回家，推開大門一看，總瞧見我阿母橫躺沙發，兩眼直盯電視螢幕，渾然忘我著，絲毫察覺不出我已經開了門走進客廳。但就在老人家尚未察覺兒子已經走近的短暫時光裡，我有了機會從旁窺見她最真性情、最沒有矯飾的一面，躺在沙發上的她有時正忘情地大笑（通常正在收看《鳥來伯與十三姨》）、有時則屏氣凝神、神色焦慮（大多看到有人被綁架或受傷流血的畫面），有時則是淚眼汪汪、滿臉悲傷（一定是看到了媳婦虐待婆婆或兒子把母親趕出家門的情節）。等我坐下沙發，老人家才驚覺失態，直嚷著：「這電視，真正有夠好看，害我看到這入迷！」

張小嚕平素只看巧虎DVD，學習生活基本禮儀和日常知識，但有一天張媽咪忽然看見韓劇《閣樓上的王子》第一集，不小心入了迷，自此按時收看，張小嚕則是緊黏媽媽身旁「觀摩、觀摩」。不用多久，他就自己編了一首歌，重複唱著「穿紅衣服的人，穿紅衣服的人……」（那是劇中穿越時空來到現代的朝鮮王子，換穿了一套現代紅色運動衣褲以替代身上所穿的古代服飾）。好不容易看完最後一集，隔天張小嚕還意猶未竟，一直吵著還要看41台（遙控器到手一定馬上按41）、還要看《閣樓上的王子》，無論怎麼解釋都沒有辦法緩和他不能再次收看的惆悵心情。

然後有一天，張小嚕忽然對我說：「爸爸，麻煩你幫我打電話給朴荷！」（劇中女主角是也）我說我不知道她的電話號碼（他老爸還沒有那個本領擁有韓國明星的電話號碼）。

張小嚕眼見父親不管用，只好自己抄起話筒，撥了幾下按鍵，停候一會兒，然後說：「請問是朴荷嗎？」停頓了一會兒，接著又說：「那你什麼時候來台北玩？」最後又說：「那要不要來我們家玩？」張小嚕掛上話筒之後，我問他：「你和朴荷說些什麼呢？」張小嚕很淡定地說：「朴荷說她下星期日要來我們家玩！」

祖孫倆這麼容易入迷，電視遙控器就容易成為戰爭導火線。我阿母要看29台，張小嚕要看41台，即使我們家有兩台電視，但祖孫倆卻愛湊在一起看，這時候就會聽到張小嚕大喊：「爸爸，阿嬤不讓我看41台啦，還把遙控藏起來！」我阿母就在一旁哈哈大笑樂著。又過了一會兒，換成我阿母大叫了：「阿誠仔，你子不要乎我看鳥來伯仔，給我遙控搶去啦！」一旁的張小嚕很是得意，說：「我已經把遙控藏起來了，不讓阿嬤拿到！」

這對祖孫每天都這樣演戲、這般入戲。

碰鼻子

韓劇《閣樓上的王子》男、女主角經歷多次爭執、衝突以及一次又一次的考驗之後，終於發現情繫彼此，不知不覺意亂情迷擁吻了起來。——正當張媽咪看得入迷，一旁陪看的張小嚕卻提出疑惑：「媽咪，他們為什麼要碰鼻子？」張媽咪很自然地說：「因為王子（男主角）喜歡朴荷（女主角），朴荷也喜歡王子啊！」張小嚕馬上說：「那我們也來碰鼻子吧！」

我阿母平素若撞見路上男女在光天化日之下擁吻，必定停下腳步，直盯著瞧，有時還拉住我：「阿誠快看，有夠三八，兩個人在那裡吻得那麼鬧烈！」——我阿母是鄉下人，這種奇景鄉下罕見，所以少見多怪——我很不好意思，趕忙拉她走，叫她不要亂看、亂說話，老人家反倒老神在在：「人敢相吻，你卻不敢相看？」

張小嚕有時也會在捷運車廂、公園或人行步道，趁我阿母坐下歇腿時，和阿嬤碰一下鼻子。碰完鼻子，我阿母很樂、很暢、很舒適，這時候她壓根不覺得「有夠三八」，反倒和所有熱戀男女一樣沉醉其中，直喊：「有值（值得）！有值！生這個金孫有值！」——不用說也知道，這對祖孫愛碰鼻子咧。

賞鴨日

黃色小鴨到基隆了，祖孫倆一早便嚷著要去賞鴨。

平日我阿母小道消息靈通，老人間口耳相傳，傳來傳去我阿母也獲知訊息，聽說有隻黃鴨，很大，「游」來基隆，都說難得一見，不看可惜。——只是，消息來得太快，兩週前我阿母先得知了，當天我剛回到家，只見我阿母興奮不已，吩咐週末放假時趕快帶她去看「大隻鴨仔」！——我心想，老人家消息快似流星，基隆小鴨連鴨屁股都還不知道在哪裡，如何看去！

倒是張小嚕和妻都先看過了。

妻帶學生到北京參訪，遊頤和園時，發現到處都是鴨子指標，一行人穿過仁壽殿、玉潤堂，豁然開朗，眼前即昆明湖，細一看，哇，湖上竟漂著一隻大號黃色小鴨。漸往十七孔橋走去，回眸一望，大號小黃鴨浮在昆明湖上，背後是萬壽山黃瓦紅牆、樓閣殿宇與蔥翠岡巒，昔日皇家氣派配上童趣龐然大物，竟顯得滑稽無比。

妻到北京，我一人縱有三頭六臂，也難以照料祖孫兩人，張小嚕只得暫回旗山交岳父母代為照料。正如大家所知，黃色小鴨是從高雄港登台，繼而桃園陂塘鴨，最後才是基隆港口鴨。岳父母特地開車帶張小嚕去見見世面，看黃色小鴨，但據岳母轉述，張小嚕到了現場，人山人海，只抬頭看了兩三眼，意興闌珊，開口便問岳父：「阿公，等一下我們要去哪裡玩？」

可是，今天一早，當我阿母叨唸著要去基隆看鴨，張小嚕竟也興奮應和：「爸比，爸比，我和阿嬤都要去看鴨子啦！我們趕緊出發吧！」

全家都上了車，但真正沒看過鴨的，其實只有我和我阿母。不過，到了基隆，妻和張小嚕也嚇一跳，因為基隆港口鴨和他們先前所見皆不同：半黃半黑（據說是基隆港船煙懸浮微粒和著雨水為小鴨上了色），黃是本色，黑是汙垢。黃色小鴨頸旁還有吊車載人以拖把擦拭、噴水柱滌淨。

小鴨眼睛底下的岸邊步道，天寒地凍，飄著細雨，依然人潮洶湧，也就難以靠近。我們家的車子在路口與紅燈之間，匆匆搖下窗，急急看幾眼，繞一圈之後便打算原路折返台北了。

無奈人擠車塞，只得往前直直開去。接近東碼頭時，忽發現有大停車場，而且沒啥車，趕緊開進停妥車。下車往南一看，居然遠遠可見鴨屁股，碼頭旁設有長排攤販，天冷雨寒，遊客罕至。黃色小鴨又不「旋轉」，讓這裡付大錢租攤位的攤商迭聲叫苦。張小嚕趁此機會，大玩了氣墊遊樂器（竟只有三四個小孩）、縮小版挖土機和湯姆士小火車，全不用排隊。玩罷，又和我阿母坐上原價要一百多但現在流血特價每人只要五十元的5D模擬器，我們全家戴上3D眼鏡，坐進模擬器內，隨螢幕飛車仰升俯墜、左衝右突，還有強風拂面，特效十足，祖孫倆玩得驚喜無比！

走出模擬器，張小嚕又發現另一攤有小水池，裡頭全是真正浴室版黃色小鴨，鴨頂鑲有銀色小鐵，兩三個小朋友坐圓矮凳於池邊持塑膠釣竿正釣著小

張小嚕釣起一隻又一隻小鴨，裝滿小水桶。

鴨。張小嚕也想玩，妻付錢讓他釣。張小嚕手持釣竿，望著黃色小鴨密密麻麻擠靠，隨著圓形漩渦流轉，鴨肚裡有幾隻是裝燈的，發著黃光，漂流水面，竟似那真實貨櫃翻倒入海隨著洋流環遊世界的黃色小鴨群。張小嚕開始釣起一隻一隻，裝滿腳邊的小水桶。我阿母誤以為可以打包帶走，很樂：「阿孫仔真鰲，釣這多，真鰲！」後來，發現只能換一包紙盒玩具。

上車，準備回家，張小嚕拆開紙盒一看，是一條仿珍珠塑膠手鐲。張小嚕把手鐲推到前座的阿嬤臉旁：「阿嬤，送給你！」我阿母轉頭，接住，仔細看，愛不釋手：「真水！阿孫仔有疼我！阿孫仔有疼我！」

車子恰好再次經過基隆港口鴨，我叫祖孫趕緊看，但祖孫不為所動，只是專心注視著我阿母手上那條仿珍珠塑膠手鍊，彷彿那是LV、GUCCI或愛馬仕。當然，對祖孫而言，這條仿珍珠塑膠手鍊，遠遠比那隻髒兮兮的黃色小鴨還要重要太多、太多、太多！

話說回來，這條仿珍珠手鍊，確實就是張小嚕來看黃色小鴨、釣黃色小鴨換來的啊！

羅東買鳥記

車子停妥羅東聖母醫院停車場，張小嚕已經迫不及待想要得到沿途我一直告訴他即將獲得的新玩具，一隻鳥。下了車，便猛拉著我的手，邁開小小步伐急急向前。我阿母在一旁也聽說了要買「鳥」，誤以為要買真鳥，興致沖沖跟著下車，嘴裡嚷嚷：「買鳥仔好，我足久沒飼鳥仔囉！」無論我怎樣解釋，此鳥非彼鳥，我阿母還是不信，堅持要同行看鳥、選鳥、買鳥。於是，我只得一手牽著張小嚕，一手扶著我阿母，走上坑坑洞洞的環保磚停車場，逕向建築大樓的一樓募款中心走去。（張媽咪只願留在車上埋首猛備課，對這場鬧劇不做過多期待。）

人算不如天算，募款中心在週天竟然沒開。我跟祖孫倆個解釋，皆大失所望，我阿母登時抱怨起來：「買一隻鳥仔飼也買無！」張小嚕更加失望，一直鬧嚷：「我要鳥啦，爸爸，我要鳥啦！」我只得趕緊詢問停車場警衛，看有無可能別處買得，警衛說也許醫院內的「愛心小舖」可能也有賣。我便急急「扶老攜幼」前往「愛心小舖」，結果還是吃閉門羹，倒是櫥窗內明擺著一隻鳥，我阿母看了直搖頭：「假的鳥仔啦，害我歡喜個！」說完就逕自尋廁所尿尿去也。張小嚕看了歡喜，伸手就要，——不是曾有小說家這樣類似說過，世界上最遙遠的距離不是天涯海角，而是有一隻鳥隔著玻璃近在眼前，你只能看卻摸不著。——確實就是張小嚕此刻心情了。

所以張小嚕意猶未竟，還吵，只得把他抱上窗戶邊和鳥合照一張，解解鬱悶。一旁角落的櫃檯收費員提醒我們：「也許急診處還有賣！」

我們趕緊又驅車前往另一棟大樓急診處，詢問之後，一槌定音，今天果真沒得買了。但可先預訂，我一口氣訂了五隻。回到車上，告訴張小嚕，這才稍稍平復了這小子心情。

我們全家特地從台北迢迢前來買的這隻鳥，名喚「平安鳥」，原是羅東聖母醫院為了籌建老人醫院而發起的一項募款活動，一隻兩百，鼓勵儲蓄銅幣，儲滿時可回院捐獻。此一活動曾經吳念真、范瑋琪拍過公益廣告及獻唱，我們家則是透過作家陳芳明教授的臉書得知。——近兩、三年來，我們全家常往宜蘭跑，那裡有太多美好事物，讓我們全家沐浴在幸福之中，而這次居然是我們全家可以報答宜蘭的一次小小機會。

隔了幾天，平安鳥寄抵台北。兩隻送給同事、朋友，一隻留在辦公室，剩餘兩隻則拿回家中。我阿母和張小嚕都非常喜歡，忙著將口袋裡、書桌上、抽屜內的零錢搜刮取出，興奮地把銅板一枚接一枚地投進去。投完後，還不忘使勁上下搖動，讓錢幣互擊發出鏗鏗鏘鏘之聲。最後，像抱著芭比娃娃一樣，緊緊懷抱著平安鳥。

張小嚕和我阿母都不知道，這兩隻黃嘴藍身，胸前有一顆黃色愛心的平安鳥，將來會和從台灣四面八方飛來的平安鳥一起回巢，載著小小的錢幣，搖身一變，變成一塊磚、一面瓷磚、一條鋼筋、一包水泥，然後建蓋出一座美好的老人醫院，照護幸福無比的蘭陽平原。

於是，我們去羅東買鳥，居然見證了也參與了宜蘭的美好。

刮刮樂

祖孫在家樂福吃完爭鮮迴轉壽司。

張小嚕看見阿嬤低頭伏在玻璃櫃上刮刮樂，急嚷著也要一張。他選了櫃子裡一張兩百元的七彩霓虹燈，一個大圓圈，邊緣有許多環繞的小圓圈，圈裡是一到四十的數字。

阿嬤很快刮乾淨了，讓我檢查，一百元的全壘打遊戲，只要主隊分數大過客對分數，就能得到後面金額的獎金，五回比賽，居然第三回主客比數是五比四，後頭獎金寫著三百。我跟我阿母說「中三百囉！」老人家喜形於色，大拍其手，得意笑著：「我比阿孫仔較鰲！」

這時只見張小嚕刮得有些沉重了，好不容易刮乾淨。我檢查著中間密密麻麻數字，只要重複外圍一圈三到六個數字為一組，每組各依數字多寡而有一百到一百萬的獎金，仔細一對，一百沒中，兩百沒中，三百的兩個數字居然都有，中了。四個數字十萬元，有一個、兩個、三個，數字一樣，第四個，啊！第四個居然沒有，差那麼一點點！其他更高獎金的數字也都沒法齊備。但張小嚕還是輕鬆贏得了一千元，這給阿嬤很大刺激，張小嚕還不知道什麼是一千元，但我阿母知道，所以老人家的計較心就起來了，輸人不輸陣，她還要拗下去，再買了一張全壘打，仔細刮，認真對，很快發現，三振出局了。她必須承認，還是阿孫仔較鰲！

祖孫愛刮刮樂，張小嚕還不知道底下這兩個字是什麼意思，但他已經學會融入句子了：「爸比，我和阿嬤都喜歡刮刮刮樂喔！」倘若你再追問他為什麼，他會說出那還理解不是很深切的兩個字：

「因為可以做公益啊。」

刮刮樂，做公益。

財神爺

我阿母對於晚上我還要加班，甚至假日還要外出演講，常常感到不開心、感覺很不爽，老人家會一直「踅踅唸」：「有夠壞命，等整週，等無通出去趣玩！」

這時候，我唯一能夠稍微平撫老人家心情的方式，就是給她分紅，每次演講完，她都能從演講費當中分到一張「青仔面」（我阿母對一千元的暱稱）。

有時遇到我開會或演講次數頻繁，我阿母一方面不爽，一方面又能得到多餘零用錢，心情很是矛盾，老人家會說：「常開會，錢哪放有路？」（意思是「錢會多到無處可放」，——但其實演講賺不了什麼錢，對我而言，還不如在家輕鬆寫文章）又會說：「有夠可憐，沒法度去玩。」這時候我就會逗她：「你錢這多，花未了囉！」我阿母馬上意識到危機，彷彿不認真回答，就會失去分紅機會似的，她語氣謹慎，說道：「錢花不完，有什麼關係？放在身軀，放乎燒，加較好咧！」（錢放在身邊，放得暖熱，比較好！）

張小嚕也喜歡錢錢，他有一整盒的硬幣和錢鈔，那是他在社區跳蚤市場，把自家不用物拿去擺攤，賺來的錢。但是每天，他還要檢查我的口袋，把多餘的零錢拿走，我問他拿零錢做什麼？我原以為他要放進他的錢盒收藏，結果不是。張小嚕說：「我要把零錢送給阿嬤，因為阿嬤喜歡錢錢，而且阿嬤不喜歡一元，只喜歡十元和五十元喔！」我問他，為什麼阿嬤喜歡錢錢？張小嚕的回答很妙，他說：「因為阿嬤喜歡投錢坐公車啊！」——這對祖孫真是標準公車控！張小嚕是阿嬤的知音。張小嚕又補充說道：「而且，我給阿嬤錢，阿嬤會很開心喔！」

有一回，我們全家到金山曼特寧咖啡館，吃鬆餅，喝桂圓紅棗茶。祖孫兩人竟然一掃而盡，吃光光。一份套餐三九九，找回一塊，張小嚕發現結帳櫃檯邊，有一尊財神爺木雕，手掌上放了許多零錢，張小嚕問：「爸比，為什麼上面要放錢啊？」我說那是財神爺。張小嚕又問，為什麼財神爺，大家就要放錢在上面？我說，因為財神爺喜歡錢啊。

張小嚕馬上聯想起一件重大關聯，他瞪大眼睛，興奮地說：「爸比，阿嬤也是財神爺耶！」——沒錯，阿嬤確實是我們家的財神爺。

隔代教養

都說隔代教養不好，理論一堆，洋洋灑灑，且不如我來略舉數例說明，來得更親切易懂。

我和妻偶爾工作太忙，張小嚕只好託岳父母帶回旗山照料。回到旗山，張小嚕很快發現，父母嚴格禁止之事（如任性、不禮貌之舉、危險舉措等等），阿公阿嬤都會自動解禁。當然一開始阿公阿嬤也會堅持一點原則，但很快就被張小嚕先之以失望、繼之以假哭、終之以地板耍賴，一一突破防線，阿公阿嬤一退再退，終至無可退讓時，阿公終於忍不住，對著再次亂發脾氣又橫躺地板耍賴的張小嚕捏了一下大腿，張小嚕登時淚眼婆娑、嚎啕大哭。原本義憤填膺的阿公，忽然氣餒了，漸覺下手太重，到底怎麼一回事，哪能這般狠心，這是阿公該有的行為嗎？捱到晚上，還提心著牽掛孫子記仇，小心翼翼偷覷了張小嚕幾眼，感覺情況還好，便趕緊示好求和。——不用多久，就會看見張小嚕神情舒爽躺在阿公肚子上，悠哉地吃著花生、看著電視。

岳母退無可退也只能打電話抱怨：「嚕嚕，現在越大越皮，怎麼講都講不聽！叫他睡覺不睡，叫他吃飯不好好吃，一直玩一直玩！」我對岳母說：「嚕嚕講不聽，就打啊！」岳母滿懷憐惜：「爸爸媽媽不在身邊，已經很可憐了，打不下去啊！」我說：「那凶他啊！凶他也有用！」岳母說：「嚕嚕這麼可愛，我凶不出聲！」——妻在電話旁得知，笑說這是兩套標準，小時候他們兄弟姊妹若這樣，肯定捱罵、被打！

岳父母都是老師，重視親子教育，疼孫尚且如此縱容溺愛，何況其餘。可見祖孫之間本該只是疼惜，不該移來教養，教養還是父母親身為之較宜。

就像張小嚕時常與我阿母爭吵，兩人見面必要彼此捉弄一下才願善罷甘休，然最後必有一個先告狀，也必有一個要捱罵，紛爭才能消弭。而沒被罵的那一個，很奇怪，馬上又過去示好。示好之後沒多久一定又會發生紛爭，又要排解，又要處罰，又要示好，周而復始，真是一波未平，一波又起，祖孫倆卻樂此不疲。活像家裡有兩個小孩似的！

這一天，張小嚕剛從旗山回到台北不久，竟把髒黑手指放進嘴巴，張媽咪警告一回，仍無動於衷，還把手指往嘴巴送，張媽咪怒目凶聲再次警告，張小嚕過慣承平日子，依舊嘻皮笑臉地吮手指，忘了爸媽的底線和原則是很明確的。只見張媽咪迅急起身、逼近，逕往大腿狠狠捏一把，張小嚕登時淚盈眶皆、嚎啕大哭。

平時愛與張小嚕吵鬧的阿嬤，這時居然捨不得，動了惻隱之心，對我抱怨道：「對啦！不是伊生的啦，才會捏這大力！」天啊，這是什麼話，張小嚕怎不是妻生的？只聽得我阿母繼續埋怨道：「就是剖腹，生得順利利，不知生孩艱苦，才會這樣打孩子！」我一聽，哭笑不得，反問我阿母：「你平常時不是也常常捏他！」我阿母一聽這話不對頭，急忙解釋：「我只是輕輕捏而已！」我一臉不以為然，我阿母便直接轉頭問張小嚕：「阿孫仔，阿嬤甘會這樣給你捏！」

張小嚕雖然哭得淒切（其實裡頭有七八成的成分是表演性質），聽了阿嬤的問題，回答倒是冷靜：「有！」

「黑白講，我何時給你捏！」我阿母急了。

「有！阿嬤你有給我捏！」張小嚕一口咬定。

「黑白講！」

「沒，我沒黑白講！」

紛爭又開始了。——且讓我們暫時先從這回爭端稍稍跳脫出來一下：隔代教養，算了吧，隔代疼惜就好了。

沒多久就聽見張小嚕大喊了：「爸比，阿嬤捏我啦！」

「黑白講話！我以前敢有給你捏，沒給你捏一下，攏黑白講話！」

「爸比，阿嬤捏我啦！」

——這回爭端過了好幾天，我又一如往常問張小嚕有沒有愛旗山阿公和阿嬤，他說有。接著我又問他，那你有沒有愛十樓阿嬤？我很怕他會因為我阿母不可理喻而開始討厭她，但張小嚕的回答很讓人意外，他說：

「我愛啊！我很愛十樓阿嬤喔！」

祖孫遊戲

張小嚕又回旗山外公、外婆家了。

為了不讓張小嚕成為電視兒童，旗山阿公、阿嬤教職退休之後，又得重新執教陪小孩，寓教於樂。

頭一個遊戲是：張小嚕想玩動物遊戲，他先說了：「張媽咪是鳥媽，張爸比是蛇爸。」（還好不是冠上虎或雞）張小嚕說自己是「猴嚕」，然後又說：「惠婷阿姨是牛姨，旗山阿嬤是貓嬤。」旗山阿嬤好奇問：「那旗山阿公是什麼？」張小嚕說：「豬公。」正在一旁睡覺的阿公聽了之後大笑起來。大家問為什麼？張小嚕說：「因為阿公睡覺會嘓嘓叫啊！」

第二個遊戲：旗山阿嬤教唱歌，張小嚕學會唱：「我是隻小小鳥，飛就飛，叫就叫，只是小鳥。」阿嬤說：「不是，是自在逍遙。」張小嚕說：「不是啦，只是小鳥，人的小鳥啦，哈哈哈！」

第三個遊戲：阿公騎腳踏車載張小嚕在旗山鄉間小路兜風，穿過香蕉林、椰子樹、堤防和芭樂樹，騎著騎著，張小嚕感覺好像迷路了，便問阿公是不是迷路了，阿公說：「我是在這條路上長大的，怎麼會迷路呢？」隔幾天之後，阿公開車載張小嚕到台南成大找在那裡念書的惠婷阿姨，結果真的在成大附近迷路了。張小嚕很不解，問：「阿公，你不是在路上長大，怎麼會迷路呢？」——後來回到家，張小嚕得到一個重要結論，他對張媽咪說：「你跟阿公都是在路上長大的，我跟阿嬤是吃飯長大的。」

第四個遊戲應該不算遊戲卻很像遊戲。旗山阿嬤煮了一碗湯，張小嚕喝了幾口，便抬起頭說：「阿嬤，這個湯好好喝，這是什麼湯啊？」阿嬤說：「豬心『燉』紅棗枸杞當歸湯。」張小嚕一聽，馬上從餐椅爬下來，蹲在地上，抬起他的小臉：「阿嬤，是這樣子『蹲』的嗎？」

第五個遊戲應該不能算遊戲了。旗山阿嬤肚子痛，躺在房間床上休息。張小嚕拿他最心愛的小被被，走進房來，要給阿嬤蓋。阿嬤後來覺得有些冷，換蓋大棉被。張小嚕又走進來，看到小被被放在一邊，就說：「你怎麼沒有蓋小被被ㄋㄟ，會冷ㄋㄟ！」於是又用他心愛的小被被幫阿嬤蓋住腳。

張小嚕回旗山，雖然我和妻覺得空洞洞的，但一想到張小嚕會用他的天真和笑容陪伴兩個老人，又覺得甜蜜蜜啊。

星際大戰

中華電信MOD裡有「星際大戰」系列付費影片，在家和張小嚕連看了一整週，從第一集（威脅潛伏）看到第四集（曙光乍現），再幾天看完全部六集，就可以到戲院看新上映的第七集，原力覺醒。

倒是上週，祖孫已經先到華山藝文中心看過星際大戰展，免入場費，看見最後紀念品販賣區，正牌光劍一支要價近六千，另一支近九千，我們這種台北市新貧教師階級怎麼可能買得起。還好，上次我帶祖孫去新北市歡樂耶誕城，有一婦女兜售光劍，喊價一支兩百五，兩支四百，我殺價殺到一支兩百，成功買了一支。

昨晚看完第四集，這是星戰系列首拍的第一集，一九七七年上映，也是我小時候在電視上重播看到的第一部星戰系列（導演喬治．魯卡斯先拍四五六集，再拍一二三集），那時候還不知道天行者路克以後會父子兵戎相見，也不知道歐比王和安納金曾經師徒反目，安納金又如何從善良一路被恐懼引向黑暗世界，成為黑武士達斯維達大臣，即使如此，又即使道具和動畫現在看起來和前三集比起來顯得粗糙，甚至寒傖，但是小時候看到第四集，心靈的震撼依然搖盪至今，那是在偏遠鄉村的小孩忽然看見了一個遼闊的宇宙，命運的神奇，以及小人物依然可以成就一番事業的激勵。

張小嚕有沒有看到這些，我並不知道，因為他是從第一集開始看，日新月異的動畫技術已經讓虛幻場景，變得尋常，變得理所當然了。不變的是，那時候的我們是那樣渴望能擁有一把光劍，可鄉下並沒有，我們只能玩玩原力，尤其和布袋戲裡六合居士的六合神功（氣功）有著異曲同工之妙，我跟同伴便裝模作樣，原力來，氣功去，玩得不亦樂乎。——但張小嚕現在真正擁有了一把以前我夢想而不可得的光劍，即使是仿冒品，但還是能發出光芒的光劍。

而且他還一邊幫我組合樂高星戰大戰系列的阿圖（R2D2）和 C-3PO 機器人（樂高編號 75136），組好後馬上跑過去把光劍揮向沒有戴頭盔的黑武士（阿嬤飾），我見狀趕緊拿妻的手機拍照（我的手機，拍了跟沒拍沒什麼兩樣），黑武士立刻用手接住光劍劍尖，結果用力過猛，質量不佳的光劍劍身馬上歪斜，從劍柄稍微脫出，張小嚕拿著歪斜光劍，大喊：「爸比，阿嬤把我的光劍弄壞了啦！」——面對祖孫這種層出不窮的糾紛，如果沒有尤達大師的智慧，是很難排解「絕地武士」和「黑暗帝國」的糾紛，我說：「阿嬤有原力，所以可以把你的光劍弄彎啊！」

張小嚕恍然大悟：「對吼，」然後馬上轉過神，高舉光劍，對著阿嬤說：「黑武士，納命來！」——這是我們家這對祖孫 cosplay 的星際大戰！

高舉光劍，cosplay 星際大戰。

捏鳥鳥

張小嚕進入四歲之後，開始捏鳥鳥的習慣。

洗澡時光著身子，捏；洗完澡，隔著褲子，捏；睡覺前，拉開睡褲，捏；看電視時，不由自主，捏。問他為什麼捏，他說：「很好玩喔！鳥鳥會硬硬的！QQ的！」

十樓阿嬤看到張小嚕一直捏鳥鳥，就跟我說：「恁子想要放尿啦！」我說不是啦。我阿母就說：「無，那就是在癢！」我又說不是啦。我阿母得到最後結論，說：「這樣就是咧起秋！」我說不是啦。我阿母：「還不是，明明就是咧起秋，還說不是！」

我很難向我阿母說明，這是小孩的「性器期」（這個詞對我阿母來說簡直就是外星文），幼兒依靠觸碰性器官來滿足原始慾力的需求（咦？真的有點像起秋啊），喜歡觸摸「手淫」自己的性器官，並從此逐漸辨識男女性別，如果這段時期沒有得到滿足，建立好的健康觀念，對小孩將來發展有意想不到的後果。

但我阿母聽我說「這是正常的事情」頗不以為然，他說我小時候也沒有這樣（這點我不能反駁，但據說我小時候是我阿嬤帶大，所以我阿母的說法必須存疑），我阿母便常常制止張小嚕捏鳥鳥，我則常常制止她制止張小嚕捏鳥鳥，螳螂捕蟬，黃雀在後。

張小嚕又在捏鳥鳥了，阿嬤又再制止他了，我又在制止我阿母了。就在我阿母稍稍停手，張小嚕捏鳥鳥又捏到渾然忘我之際，我問他：「你覺得怎麼樣啊？」

張小嚕抬起頭：「爸比，很好玩喔！我要把它弄得很硬！」然後他又發現一個重大趣味：「爸比，裡面有球球，我要把它擠出來喔！」

喔喔！這樣不行喔，青春小鳥會飛走喔！

洗車

男人都愛洗車。

據說一對情侶進摩鐵路，男子開門下車，見腳邊有水龍頭，一旁竟還有水桶、抹布、刷子、洗潔精，隨即轉頭對女子說：「等等，我洗個車，很快就好。」女子坐回車上等待。時間一分一秒過去。男子用水龍頭噴出水花，洗潔精泡滿水桶，沾濕的抹布持續在車身畫圈圈，泡泡越擦越多，纍纍似小葡萄，男子手腳越擦越發輕快靈活，嘴裡不自覺吹起口哨、哼起一首又一首歌曲。時間一分一秒流逝。女子原本在車內正襟危坐，默默等著，泡泡已經快要塗滿前座玻璃，遮住她忍不住開始滑手機反射臉上的藍光，以及滑掉的時間。時間一分一秒在窗前、在泡泡起滅之間流逝。男子終於將車子清洗、擦亮、又細細打上一層薄薄的蠟（蠟盒老早就預備在後車箱），女子已經睡著，樓上電話忽然大響，那是休息兩小時只剩十五分鐘的提醒電話。男子還在猶豫，要不要再多加一小時，把蠟打厚一點，趁女子沉睡之際……。

張小嚕已經爬上車前蓋，仔細擦著前座玻璃，玻璃之後也有一個女子，那是他阿嬤。阿嬤原先坐在車右後方的活動板凳上，因為十元自助洗車場設在山腳下，時近傍晚，蚊蟲飛出叮人，逼得阿嬤不得不回到車上等候，她已經等很久了，頻頻不耐煩地喊著：「阿孫耶，你是好未？」「還未！」張小嚕也已經興奮地回答過數十次了，從投入十元開啟強力水槍、又投十元開啟泡泡槍、又投十元開啟強力水槍、再投十元開啟一般水龍頭，等等還要再投十元開啟空氣噴槍，最後還要投二十元開啟吸塵器。張小嚕很樂，他從未玩過火力這麼強大的水槍，後座力大到沒張爸比在後面一起幫忙拿根本拿不住、站不穩；他也從未玩過這麼大面積、大數量的泡泡，浴室裡的泡泡槍簡直是小巫見大巫；也從未玩過可以噴飛殘留水珠、甚至噴歪肌肉的空氣槍……，這一切都太新鮮太新鮮太新鮮，更不用說車體是如何去汙變新，乾淨潔白是如何一點一滴戰勝、征服、克除那些邪惡的骯髒、汙穢與土垢。原本父子倆只在車體四周擦洗，張小嚕忽見前座玻璃還有髒髒的汙垢，自行跑去車後頭搬來阿嬤剛才坐的活動板凳，他昂然踩上板凳，登上車蓋，一個四歲的男人，成熟、老練、穩重地擦著車玻璃，隔著一層玻璃，玻璃之後是一名只想快快去夜市打彈珠的無奈女子。

（以上作結，文章神完氣足、意簡韻永。但這位四歲男人洗完車，還講了一句話，深情款款，不得不畫蛇添足一番，他說：「爸比，洗車好好玩，我們週末去加油站幫人家洗車好不好？」）

溫泉

溫泉，讓我阿母和張小嚕享受了祖孫裸裎泡湯之樂。

週日下午，若想開車從宜蘭雪山隧道回台北，那是自討苦吃。東海岸南來北往的大車陣擠在雪隧洞口，猶如灌香腸，車陣一條條擠入，外頭絞肉卻越積越多。幾個月前我曾擠過一回，苦不堪言，原先三、四十分鐘車程，一擠擠成了兩、三個小時，車行吞吞吐吐、阻阻塞塞，難以動彈。因此我們全家出遊，若逢上週日到宜蘭玩，回家時寧可繞遠路，一路往北，沿東北角海岸線慢慢玩回家。

但這回我記錯時間，誤將週日記成週六，晚上八點等我們到了雪隧洞口交流道時，車陣已經爆滿為患了。我和妻商量，不如先到礁溪泡溫泉，略作休息，晚一點再開車回家。妻表示同意，我們便進了一家日式泡湯旅館。

旅館房間有一個約兩張榻榻米寬的大湯池，深可及腰。我打開水龍頭讓溫泉慢慢注滿湯池，再幫我阿母和張小嚕脫光衣服，一邊讓我阿母自個兒用蓮蓬頭沖淨身體，一邊則幫張小嚕洗浴。兩人都洗好後，祖孫並肩坐在浴池邊黑色大理石條座，探出腳來泡入溫泉中。在滿室溫泉的氤氳之中，我阿母和張小嚕背對著我，剛剛的嘻嘻哈哈忽然全都靜止了下來。我趕緊拿出手機，從後面幫他們拍了一張光溜溜的全裸入浴圖。我阿母入池浸泡了一會兒，我擔心她高血壓，不宜久泡，便攙扶她上池，順便又幫她沖洗了一番，換上新衣褲便去外面房間休息了。我再和張小嚕玩了一會兒水，不久也讓他出去陪阿嬤玩。

等我和妻先後泡好溫泉，張小嚕和阿嬤已經玩了好幾回彈簧床的跳上跳下了。兩個小時一下子過去，十點一到，我們開車上路，還是塞了一會兒車，回到家已經晚上十一點半。

臨睡前，我自個兒想起小時候父親和阿母都是一塊洗澡。我們老家樓梯轉角下多出的三角形小浴室空間，裡頭浴缸是用水泥砌成，密密麻麻鋪滿紅、綠、藍、白心形小馬克磁塊。如果是在夏天，父親洗完澡後會單著一條白色棉紗四角大內褲先走出來，阿母則隨後單著一條大粉紅棉內褲，裸露著兩顆奶子出來；如果是在冬天，父親和母親會再多圍上一條浴巾。每當他們走出來，浴室門一打開，蒸騰的暖煙就隨即冒湧出來。

父親過世後，我阿母便開始獨自洗澡。所以當我看見張小嚕和我阿母這一老一小，一個皮鬆肉垮，一個皮嫩肉滑，並肩坐在浴池邊，我其實非常感動。——不知道我阿母心裡作何感想，又或許老人家啥都沒想。但我依然清楚記得，當這對祖孫脫去衣褲時，張小嚕特地伸高了手，先左後右，各輕輕按了一下我阿母的奶頭，那是這小子奶性未改的習性，而我阿母只是低著頭淡淡地笑：「你這個三八孫仔！」

我阿母那種笑容，是我之前從未見過。

在滿室溫泉氤氳中，祖孫倆靜默泡湯。

洗身軀

我們全家到日月潭玩，是為了赴暨南大學參加外甥女畢業典禮，順道遊玩。

我和妻各租了一部腳踏車，載著我阿母和張小嚕，沿湖邊自行車道，近距離飽覽日月潭風光。我阿母出身鄉下，對湖光山色一向興趣低落，湖光山色遠不及土雞肉來得親切。所以當我們停車在向山遊客中心，大雨正好開始淅淅瀝瀝落下，繼而劈哩啪啦狂瀉，把向山遊客中心的清水模大建物，以及眼前碧綠湖水、四周青翠山樹，皴染得煙雲如畫、點綴得夢幻如詩。我阿母面對美景一無所感，只嚷著要椅子坐，嘴裡不停抱怨：「我父我母，落大雨，有啥好看？全全都憨人！」張小嚕則是興奮地在清水模大洞口奔來跑去，一會兒跑進雨裡，一會兒繞著我阿母的椅子來回穿梭，還濕滑了腳，跌倒了幾回。

大雨稍停，我們繼續往北騎，湖邊自行車道上的柏油路、石板道、木棧道交相出現，很是特別，尤其還有一段車道是淩水波之上架設，騎車其上猶如憑虛御風。大雨初霽，空氣異常新鮮，每一口吸進肺裡的空氣彷彿都像喝進天下甘泉泡出來的茶水一樣；湖光山色被大雨清洗之後，好似美人出浴，綽態溫柔淋漓，風情萬千。一路騎到水社壩長堤，堤上貼臨湖水，往湖面望去，水光山色一覽無遺，東南方拉魯島與山頂慈恩塔之間忽出現半道大彩虹，如同斷拱橋。我一面興奮，一面急著告訴我阿母時，沒想到彩虹隨即消失。我阿母瞧了一會兒，啥都沒看見。沒過多久，消失的彩虹又在偏左處逐漸浮出一道完整卻模模糊糊的彩虹，我趕緊又讓我阿母看，我阿母坐在車後已經顛得七葷八素，剛剛沒瞧見，對彩虹已然喪失興趣，直嚷著說：「什麼彩虹！顛高顛低，顛得我將欲暈倒！」然後我們就繼續穿越彩虹，前往日月潭最熱鬧的中山路、名勝街，我阿母看見湖上郵輪，立刻聯想起淡水渡輪，流露出非常想坐的神情。但因為已經六點，時間太晚了，只得作罷。

最後我們把車騎回向山，還了車。我阿母一臉疲憊，我勸她說以後不要一起騎，坐在原地等我們就好了。我阿母馬上變成廉頗，完全不服老，直說：「不要囉，我身體足勇耶，下次我也還要一起騎！」至於張小嚕坐在前頭嬰兒椅上乘風飛馳、淩波穿樹，甚是舒暢，異常開心，可聽了媽咪說，其實日月潭自行車道我們只騎了一小部分，他登時昂起小臉，露出渴望表情，說：「爸爸，我們下次再來給它騎光光，好不好？」

回到埔里民宿，我們租的房間是附衛浴（無浴缸）的四人房，木頭地板，兩張雙人床。我讓我阿母先去洗澡，但她一直說頭很暈，我怕她洗澡洗出意外，便決定幫她洗。——幫老人家洗澡，我的經驗非常豐富，先父晚年行動不便時，都是由我代洗。——進到浴室，我很快地幫我阿母褪去短衣、長褲、大紅內褲，再讓她扶著我站好，趁勢打開水龍頭，調好溫度，讓我阿母低著頭，我再敏捷地抄起蓮蓬頭沖頭，擠洗髮乳、洗頭、噴水、沖淨；然後又往我阿母的身體噴水、擠沐浴乳、用雙手抹擦我阿母的雙手、肩膀、乳房、腹、背、大小腿和腳板，——從前我幫先父洗澡時，也會幫他洗屁股和生殖器，那是因為他已經連洗屁股的力氣都沒有了。——但此時此刻，我阿母只是頭暈，我讓她自己洗私密部位，這些部位名稱，我一個大男生著實難以啟齒，便講得分外委婉，我說：「阿母啊，你尻川（屁股）和放尿的所在，自己洗洗喔！」我阿母便自個兒抹了沐浴乳朝下體前搓搓、後洗洗。最後，我用水龍頭把她沖洗乾淨，再用大浴巾把她擦乾，穿好衣服，大功告成，就讓她先出去休息了。

接著再幫張小嚕洗澡。張小嚕的體積和阿嬤相比是小之又小，但洗起來卻不見得輕鬆，因為小孩子的眼睛、鼻子怕水，洗頭必戴上一個斗笠形頭套，藉以隔水。好容

祖孫在日月潭留影（上）。
祖孫三人在埔里民宿洗澡。（下）

易把張小嚕的頭洗完之後，我很快幫他洗身體，洗到小雞雞，張小嚕怕癢，一直格格笑，兩腳和小腹直後縮。——我阿母在家裡看見這模樣，總是笑說：「這憨孫怕癢，以後穩疼某（一定疼老婆）！」——順利洗完張小嚕後，便輪到我洗。

等我洗完時，張小嚕已經在彈簧床跳上跳下好一陣子了，鬧得他阿嬤不堪其擾，完全不能休息，張媽咪居間調解，毫無效果。我阿母好不容易見我走出浴室，立刻撒嬌：「阿誠啊，你子不乎人睏啦——！」（尾音拉得忒長）張小嚕仍然不管三七二十一，跳上跳下，還冷不防地猛撲向躺在床上已經蓋好棉被的阿嬤，我阿母像是發現了重大證據一般，大喊：「你看啦！」張小嚕也不甘示弱，抿著嘴，右手指向左小腿，也委屈地說：「爸爸，阿嬤剛剛捏我！」我問：「很大力嗎？」張小嚕倒是老實：「沒有，很小力！」——這種祖孫倆的紛爭與撒嬌，任何人也處理不了。

我吩咐張小嚕安靜下來，讓阿嬤休息一下。張小嚕果然安靜下來，等我阿母眼睛閉起來，似乎就要酣眠之際，張小嚕忽然又大喊起來：「阿嬤！」我阿母笑不停，又開始邊撒嬌邊抱怨：「阿孫仔不要乎我睏啦！」（尾音又拉長）我瞪著張小嚕，說不可以再吵了，沒想到他竟然又接連大喊了幾聲，我警告他說：「你再吵，就要處罰了喔！」張小嚕趕緊解釋說：「我沒有吵，我不是叫阿嬤，我是叫『哈嬤』（蛤蜊）！」

我們聽了，全都笑個不停。張小嚕就一直就：「哈嬤！哈嬤！哈嬤！」

我們全家早上從台北趕赴南投參加畢業典禮，下午玩了日月潭，整整玩了一天。等我們全都洗過澡之後，身心舒暢，但同時睡意洶湧，就在張小嚕喃喃自語的「阿嬤」與「哈嬤」聲音逐漸變小變弱之際，我們全家四人躺在床上便靜靜地睡著了。——這時候才晚上九點，我們全家第一次和阿嬤睡在一起，緊緊地靠在一起。

洗頭

全家又到金山泡海底溫泉，張小嚕堅持要和他老爹泡，而他老爹必須照顧阿嬤，於是三人又再次來個三代合湯，張媽咪又一人獨享一間湯屋。

我先幫我阿母洗好澡，讓老人家入湯先享受，再幫張小嚕洗好澡，讓他也入湯享受。我還在沖澡時，祖孫已經玩起潑水大戰，被潑了較多水的人，已經開始嚷嚷：「阿誠仔，恁子給我潑水啦！」「爸比，阿嬤一直潑水啦！」

要等到我沖好澡，泡在湯池中間，隔開祖孫，潑水大戰才會暫時告一段落。

我很輕鬆地仰躺飄浮起來，後腦勺自然潛入水中，頭髮濕了。張小嚕走過來扶住我的頭，說：「爸比，我來幫你洗頭髮！」我問為什麼？

「因為你都幫阿嬤洗頭髮，我也來幫你洗頭髮啊！」

「那是因為阿嬤年紀太大了，爸比才幫阿嬤洗頭髮啊！」

「那我來幫阿嬤洗頭髮好了！」

「阿嬤的頭髮還是讓爸比來洗就好了啊！以後等爸比和媽咪年紀大了，自己沒辦法洗的時候，你再幫爸比和媽咪洗頭髮就好了啊！」

「好啊，可是我現在可以先練習嗎？」

「沒問題！」

張小嚕跑去按下洗髮乳，雙手搓出泡泡，扶住我的頭，開始幫我洗頭。雖然動作小小的，範圍也只有後腦勺，但可以感覺張小嚕的認真與用心。

泡好澡，我幫我阿母沖身體，洗頭。張小嚕在一旁認真觀察，等我幫我阿母洗好澡、洗好頭、擦乾身體，再幫她穿好衣服，讓她先出去休息之後，我又幫張小嚕沖澡，就在水花灑在他身上時，張小嚕突然仰起頭來對我說：

「爸比，等你以後老的時候，我也會讓你坐在板凳上，幫你洗澡、洗頭髮，把你洗得很開心喔！」

屎尿

屎尿，不好寫，從古至今，只有莊子高竿，把髒穢不堪的屎尿，拉高境界，與「道」並駕齊驅。——道在屎溺間。

事情是這樣：有位先生名叫東郭子，向莊子請教：「所謂『道』，究竟存在什麼地方？」這個問題不好答，因為「道」無聲無影無象，如何解說？只聽得莊子簡單說道：「道，無所不在。」東郭子不明白，便問：「一定要指出具體存在的地方才可以吧。」莊子率性回答：「在螻蟻之間。」東郭子問：「怎麼會處在這樣低下卑微的地方呢？」莊子又說：「在稊、稗這一類野生稻穀植物之間。」東郭子又問：「怎麼越發低下了呢？」莊子又答：「在磚瓦之間。」東郭子又問：「怎麼越來越低下？」莊子便說：「在屎溺（大、小便）之間。」東郭子聽了，頓時無語，不再追問了。（《莊子．知北遊》原文為：「東郭子問於莊子曰：『所謂道，惡乎在？』莊子曰：『無所不在。』東郭子曰：『期而後可。』莊子曰：『在螻蟻。』曰：『何其下邪？』曰：『在稊稗。』曰：『何其愈下邪？』曰：『在瓦甓。』曰：『何其愈甚邪？』曰：『在屎溺。』東郭子不應。」）

常人和東郭子一樣，以為「道」就是卓爾清高、幽深玄妙，但在莊子看來，「道」就是「自然」（自然而然）而已，自然原就無所不在，既在常人以為之玄妙幽深之處，也在日常眼耳鼻舌身意、色聲香味觸法之間，自然也在每況愈下的螻蟻、稊稗、瓦甓、屎尿之間。

我不敢東施效顰，但一心追慕莊周先生，對屎尿亦頗有體會，膽敢試著印證一番。吾家小犬張小嚕，平素不愛喝白開水，只愛喝甜滋滋的運動飲料與養樂多，張媽咪管制嚴格，於是乎進水量遠不及出水量，造就出乾旱水庫壩底一般的腸道，久而久之，旱屎得不著春霖滋潤，漸次團結扭曲，纍纍如葡萄、密實似土塊、濃馥似堆肥，硬要從肛門奪戶而出，張小嚕的小臉也不得不為之皺眉嘟嘴、屈身握拳，好不容易大軍離境，既以零星兵眾，統統落水。就在我幫他擦屁股之前，張小嚕已經破顏綻笑，像倫理學家一樣說出睿智話語：「大便也有小貝比，小貝比洗澡了還是很臭。但是小貝比再臭，他的媽咪還是很愛他啊！」——這段話，不但讓屎擬了人，還多了情味，正所謂屎不親，人親。人都親了，屎還有什麼難堪呢？

正如有一天我們全家到烏來玩，吃完烤雞和竹筒飯，好不容易從大多客滿的溫泉旅館找到一家三好米（沒看錯，是賣米那家）松濤館還有空房，趕緊付款入房洗浴。洗罷，全家舒暢。我阿母突想上大號，拉完，卻擦不乾淨，弄了右手都是糞痕（老人家太胖，手搆不著肛門，而且習慣了使用母親節我特地送她的免治馬桶）。當時我已經幫她洗好澡了，只好趕緊再重洗一回屁股。第一回洗完，我用衛生紙擦乾，不料還有糞跡，只好再次蹲身低頭，左手撥開兩瓣屁股，右手用水龍頭對準目標，好巧不巧，水柱過強，糞水帶濃味直濺到我左臉，我沒手可擦除，只好幫我阿母先洗好之後，再用衛生紙幫她擦乾，趕緊讓她出去穿好衣服。這時候，我才有時間細細洗淨我的左臉。——想來我這左臉是何等福分，再也不需要任何保養品保養了吧！——沒錯，屎潑臉上，「自然」也就美、就香。

再有一回，我阿母重感冒，我一回到家，見我阿母有些反常，雙手緊握，一直喃喃自語，「會死囉會死囉會死囉會死囉會死囉」，便趕緊送醫急診。急診驗尿時，我帶阿母進到寬大的殘障廁所內，幫忙把塑膠杯伸向我阿母坐著的馬桶之內、伸進老人家張開的大腿之間。頭一次盛尿，手伸太淺，居然沒接著，耳聽少許尿水從後方滴溜而下，轉瞬消逝；又苦苦等候好一陣子，第二次接尿，我阿母為免前功盡棄，乾脆蹲著尿，我不知道尿從何而降，便蹲著左右手各拿一個塑膠杯前後著接尿，原以為會自前杯落下，下來卻是後杯，還好準備了兩杯，不然要是漏接，肯定弄濕我阿母脫下在腳踝邊的褲子。——一時感覺，突然好像又回到獨自照顧先父情景，一陣心酸。回到家，提醒自己千萬不要哭，要勇敢。

莊子說的對，人之生老病死，幼童和老年都自然回到屎尿窘境，其實屎尿不窘，窘的是人把「自然」看得太崇高，生死病死是自然，屎尿也是自然，屎尿似臭不臭、似髒不髒、似低下其實不低下，有差別心的是人，有差別心，人就不自然。

道在屎溺間，這一點，我們家這對祖孫早就知「道」。

輯七

小飲食

餵

張小嚕上托兒所之後，午餐時見同學都自個兒拿湯匙舀飯吃，沒多久，他也學會了。但是，從托兒所回到家，他還是習慣和從前一樣，雙手一攤，飯來張口，等人餵飯，挺好。張媽咪問他，在學校有人餵嗎？他說沒有，都是自己吃。張媽咪又追問，那為什麼現在不自己吃呢？他緊閉雙唇，沒有回答，然後再張大嘴巴，意思是麻煩媽咪請再餵一口。

我阿母不知從何開始，上了車坐進駕駛右座，左手拉開安全帶之後，她自己不扣好，而是直接交給我，要我扣進卡榫。我問她怎麼不自己扣，她說扣不到啊。後來，有一回妻單獨載她，她拉開安全帶，居然不假思索，不偏不倚，喀的一聲，就完美扣好。我阿母又不知從何開始，逢上吃蝦子，一定把蝦子直接夾進我碗裡，要我剝好，還嘆息地說：「蝦子沒剝，我是要怎麼吃？」或是帶她去吃豬腳，她看著燉煮軟爛豬腳，便直搖頭：「豬腳全骨頭，沒夾掉，我是要怎麼吃？」又或者帶她去海邊吃鮮魚，她就會望魚興嘆：「這麼多刺，你沒給刺夾掉，我哪敢吃！」於是，我就會先發制人一般在每一次我阿母興嘆之前，機靈地為她老人家剝去一隻接一隻的蝦殼、夾開一條接一條的骨頭、挑去一根接一根的魚刺，讓她免於「先蝦殼骨頭魚刺之憂而憂」。

我阿母越來越歡喜於受人呵護、周密照顧，其心態與貴婦喜愛做臉、享受 spa 之心情是同出一轍。這種心情推究起始，其實就是小孩時備受照料一樣，只是小孩子隨著年齡長大，這種呵護感會逐一遭到剝除，因為沉溺於備受呵護，會被貼上長不大、保護過度的標籤，年齡越大更不能任性要求呵護，甚至還得轉換角色，學會呵護人才行。只是我阿母老了，她沒有辦法像貴婦一樣，掏出大把鈔票讓人貼心服務，但是她還有一個兒子，她只要撒個嬌，效果和鈔票一樣，她兒子會心甘情願地呵護著她。

有一天，我又再幫我阿母剝蝦殼，張小嚕忽然跑過來，接著剝好的蝦子，我原以為他要自己吃，沒想到，他竟然說：「阿嬤，我來餵你！」

這小子，已經開始要學習照顧人了！

奶茶

我們家早餐幾乎都是張媽咪親手張羅，麵包自製，鮮奶茶自調。

張小嚕有天突問了個問題：「爸比，你知道鮮奶茶怎麼泡最快嗎？」

我答不知道。

張小嚕解釋道：「首先，要買一罐鮮奶，再買一罐紅茶，插進吸管，兩根吸管都放進嘴巴，一起吸，吸到嘴裡就變成奶茶了啊。」

我阿母聽完我翻譯張小嚕的創意之後，只下了一句簡單評論：「恁厝是欠碗否？」（你家是缺碗嗎？）

棉花糖

早上帶祖孫到信義華納威秀賞機車，看gogoro，要是祖孫都喜歡，這輛台灣自行設計、開發、生產的劃時代高科技環保電動車，就可以名正言順下單，等待夏天上市，成為全台第一批gogoro騎士，載著張小嚕和我阿母兜風。光想畫面，就叫人心花怒放了。

從我木柵家中驅車到華納威秀，必須穿過信義快速道路，正當我一路心花怒放之時，快速道路旁一排木棉花，趁著四月春末夏初彷彿應和我心情似的也跟著心花怒放起來，開出滿樹紅豔火把。

我叫張小嚕趕緊看，那是木棉花喔，一球球火紅的大木棉花哦。

張媽咪補充道：「紅色木棉花最後還會爆成白色棉花喔！」

張小嚕喜形於色，像是發現天大秘密似的，說道：「那我就可以吃棉花糖了啊！」

棉花糖是什麼？祖孫第一回體驗，是在新竹六福村，停工正在檢修的阿拉伯皇宮前的餐廳門口，有一台棉花糖自助製造機，投入二十元，可以拿機器旁長條竹籤對著旋轉的滾筒空間捲起棉花糖。張小嚕先試一回，把糖粒倒入中央滾筒孔洞，啟動機器，棉花不多久便開始從滾筒細孔中噴出，似流雲、似彩霞、似舞者翩躚的翻轉長袖，在洗衣機似的淺桶內成型，張小嚕手持長竹籤處固定在一個定點，棉花糖翻轉去來，但並不沾附竹籤上。我叫張小嚕趕緊用竹籤順時鐘繞著淺桶，果然開始有些棉花糖附著在上面，但旋即重重緊緊纏附，最後竟像一顆長條型的厚實蟲繭，完全不蓬鬆。

機器很快停了，張小嚕拿起竹籤，看著成品，說：「爸比，這不是棉花糖，這是畫糖！」

我阿母在一旁看了，哈哈大笑，直喊：「阿孫憨慢，換我來！」結果呢？我阿母製造出一顆更大蟲繭，糖絲全纏縛在一塊，壓根不蓬鬆，我阿母自我安慰：「攏是糖，這樣吃也是同味！沒要緊。」

祖孫都還沒嘗過真正蓬鬆的棉花糖，甜味雖同，但厚實蟲繭和蓬鬆棉花糖，口感相去霄泥。

當然，木棉花的棉花，相去棉花糖更是一去三千里！——但這是張小嚕，望花興嘆，嘗不到棉花糖的內心渴望之聲。

柚子

中秋節吃剩的一顆小柚子，晚餐之後，我阿母突然想吃。我把小柚子拿到流理台幫她剝開，張小嚕站在旁邊好奇探看，口裡隨意哼著歌，哼到一半忽然跳針般跳出一句「阿嬤」，聲量之大讓我和我阿母都嚇了一跳。我轉頭告誡他不可以這麼大聲，話還沒講完，張小嚕又冒出了一句同聲量的「阿嬤！」惹得我阿母不甚爽快，皺著眉對張小嚕說：「你是欲給我驚死喔！」張小嚕見我阿母神情豐富，語調奇特（還聽不太懂台語），覺得很有趣，立刻連珠砲大喊：「阿嬤阿嬤阿嬤阿嬤阿嬤……！」我阿母哭笑不得，一邊對我抱怨：「我會乎你子氣死！」一邊急忙閃避到一旁沙發上坐下，遠遠還聽著她對張小嚕抱怨：「阿孫仔你是咧叫魂喔！」

不料，張小嚕見阿嬤閃避，還不肯罷休，他又追過去湊熱鬧。先從玩具箱內找出他的鉛筆和白紙，急忙就要擺放在我阿母落坐的地方。我阿母大喊：「阿誠仔，你子不要乎我坐這裡啦！」我回頭瞪著張小嚕，警告他不可以這樣。張小嚕馬上低聲說：「可是我想在這裡畫畫呢！」我說不可以，但我阿母已經開始挪動屁股，移到鄰座，還說：「好啦，好啦，這乎你畫啦！」過了一會兒，爭端又起，張小嚕得寸進尺，還要入侵我阿母撤退的屁股位置。我再度警告他不可以，但我阿母已經氣呼呼地站起來搖頭，並隨口說了一句形象化十足的經典台語，她說：「我乎你氣到腹肚腸子都蛇出來！」

好不容易，處理好小柚子，柚瓤只有一個拳頭大，只夠一人吃。我把柚瓤交到阿母手上時，張小嚕忽說他也想吃。我說不行，這是阿嬤要吃的。張小嚕沒得吃，耍起性子，賴著地上打滾，先是呻吟，慢慢就哭出了聲音。——遇到這種情形，我和妻都是鐵了心不理不睬，還會視情況而施以「捏捏」薄懲。——我原想我阿母正在氣頭上，我們母子也可以聯手制止張小嚕這種壞習慣。但萬萬沒想到，阿母很快就心軟了，她先對我說：「好啦，好啦，給阿孫子吃啦！」（我仍堅持不肯）又把張小嚕從地上抱起來。最後，我阿母用她的智慧和慈愛，解決了另一對父子的爭端，她剝了一半的小柚瓤給她的金孫，這樣既滿足了我（我阿母一定要吃才行），也滿足了張小嚕（她的孫子想吃），於是兩個人開心地坐在地板上，津津有味地吃起小柚子。——並且完全忘了剛剛發生了啥事，徒留他們的兒子、老子執著地、不能超然、難以物我兩忘的疑惑著這對祖孫的舉止！

豬腳

豬腳，從前在鄉下還真不容易吃到，初一、十五祭拜時偶爾能吃上雞、豬肉，廟會拜拜或婚喪喜慶的宴席上也能吃到蹄膀，但豬腳，卻十分罕見，只有大病初癒或去除霉運的人才有機會嗑豬腳，可鄉下人偏偏精壯無比，鮮少生病，又難得碰上什麼霉運，豬腳也就好端端地踩在豬圈的尿屎堆裡，少有機會走上餐盤進到口裡流露滋味深長。如此才能理解我阿母酷嗜豬腳的原因，在老人家模糊的印象之中，豬腳等同「稀罕」，物稀為貴，吃豬腳就讓人覺得「高貴」，這就難怪我阿母吃豬腳時愛講：「有夠好命，又可以吃豬腳！」

張小嚕學會的第一首台語歌，和豬腳也有點兒關係，那是張媽咪教他的「趣味歌」，六個短句，節奏明快，很快就琅琅上口：「黏仔膠，黏到腳，叫阿爸，買豬腳，豬腳箍仔滾爛爛，枵鬼囝仔流嘴涎。」不過張小嚕對「黏仔膠」（鋪柏油路的瀝青）、「豬腳箍仔」（箍仔就是圓箍，豬腳是圓箍形，所以箍仔是豬腳的計量詞）、「枵鬼囝仔」（貪吃的小孩）等台語詞意皆不感興趣，他只對「流嘴涎」這三個音十分好奇，特別問張媽咪是什麼意思，張媽咪回答：「流嘴涎就是流口水啊！」張小嚕一聽便笑著說：「唉呦，流口水喔！」

此後張小嚕就時不時唱起「趣味歌」，每唱到最後一句「流嘴涎」，他就會用右手假裝擦一下口水，然後伸向有一次正在吃豬腳的阿嬤說：「給阿嬤吃！」我阿母一聽，全身往後傾還露出驚訝表情：「唉呦，我不要，抬哥鬼（骯髒鬼）！」張小嚕見狀，笑得很得意，便再唱了一遍，又將右手伸向張媽咪：「流嘴涎，給媽咪吃！」張媽咪也搖頭：「唉呦，我不要！」張小嚕又如法炮製，再把嘴涎送到我面前：「給爸比吃！」我面有難色：「唉呦，口水很髒咧！」張小嚕便說：「可是我的口水不髒啊！流嘴涎給爸比吃！」我便假裝吃上一口，張小嚕還急著追問：「是不是很好吃啊！」

又有一次，張小嚕正在喝養樂多，又唱起了「趣味歌」，唱到最後一句時，這次我先聲奪人趕緊搶唱最後一句，然後反將他一軍：「流嘴涎，給嚕嚕吃！」張小嚕養樂多喝到一半，抬起頭，流露無辜表情：「可是我現在在喝多多，沒有空耶！」我心想這小子未免也太世故、太滑頭了吧，但才過幾秒，張小嚕吱吱吱地喝光養樂多，旋即笑瞇瞇抬起頭，鬆了一口氣似地：「爸比，我喝完多多了，現在有空了！」於是我趕緊再唱了一遍「杩鬼囝仔流嘴涎」，又對他說：「流嘴涎，給嚕嚕吃！」張小嚕露出和他阿嬤一模一樣的害怕神情，說：「唉呦！流嘴涎呢！」——哈哈哈，這才是祖孫倆最直率、可愛的真性情啊！

糖果

祖孫都愛吃糖，但時常遭禁。

我阿母患有糖尿病，要是血糖沒控制好，引發併發症，後果不堪設想。糖果，自然成了違禁品，最好碰都別碰。我不讓我阿母吃糖，一顆都不許。可糖果對我阿母的誘惑，就像蘋果對夏娃的誘引，糖果一出現，我阿母馬上下意識用手拿、飛快拆除包裝紙、迅即塞入嘴中，然後可以想像老人家蠕動豐沛口水，深情地去融化一顆小小而甜美的糖果，彷彿融化甜甜的小確幸，沒多久老人家臉上就會洋溢起幸福表情，叫誰看了都覺得美好無比、叫誰看了都不忍心破壞。——但是，身為兒子，健康高於幸福，理智勝過感性，醫學知識告訴我，這是飲鴆止渴，我必得破壞這樣過甜的幸福，才能保護我阿母的健康。

但是每當我阿母發現餐廳結帳檯上有糖果盒、超市裡有免費糖果任人試吃、或朋友客廳桌上的點心盒內的糖果，她都會趁我不注意，動作極其敏捷，不動聲色地拿了一把（沒看錯，是一把）塞進口袋，又趁我不注意，飛快取出、拆紙、投入，生米煮成熟飯，乾糖變成濕果，她還會忍不住得意之色、忍不住甜甜的幸福蕩漾，笑嘻嘻地邊含著糖果邊說話：「阿誠仔，這糖仔有夠好吃！」她知道覆水難收、入口的甜果難返，她的喜悅就像打贏了一場難以勝利但終於致勝的漂亮戰役。

說起來有點嚴酷，我也不給張小嚕吃糖果，因為糖果是牙齒最大的敵人，何況張小嚕不愛刷牙，禁糖令就更加嚴厲。可是，有哪個小孩子能不受糖果誘引，有幾個小孩能受得了吃過糖果之後的回味再三、魂牽夢縈。張小嚕自然無法免除，可是理智勝過情感，我規定不許吃糖就是不許吃糖。話雖如此，旗山阿嬤就不容易做到，有一回妻帶張小嚕回旗山，高鐵一開動，張小嚕就問：「我們來吃牛奶糖吧！」妻回說：「沒有牛奶糖啊！」張小嚕又說：「那我們來吃水果吧！」妻又說：「沒有帶水果啊！」張小嚕又說：「那我們來吃仙貝和蘇打餅吧！」妻又說：「也沒有仙貝和蘇打餅！」張小嚕就很不解地問：「為什麼你都沒帶？旗山阿媽帶我坐高鐵的時候都有帶呢！」——可見阿嬤疼孫，給糖果吃都是爺奶輩愛孫的共通表達方式。

有一天放學，幼兒園的老師送了一支棒棒糖給張小嚕，棒棒頭裡頭還夾了一顆酸梅，酸甜誘人。張小嚕拿著棒棒糖，心花怒放，開心得不得了，急忙問：「爸比，可不可以吃？」我說不行。他的笑容登時消失，手裡緊握著棒棒糖，悵然若有所失。回到家後，他還緊握不放，癡情凝望著棒棒糖，我提醒他不能吃。他表情無辜：「我只是看看而已啦！」再過一會兒，我見他用手去摸棒棒糖，他瞧見我正在盯著他，便解釋道：「我只是摸一下而已啦！」再過一會兒，我聽見窸窸窣窣的聲響，轉頭去看，只見張小嚕忘情地舔著棒棒糖，喔，不，不是棒棒糖，而是棒棒糖外面的塑膠袋，張小嚕伸出小舌頭，用舌面反覆舔著塑膠袋，因此發出窸窸窣窣聲響，彷彿已經舔到棒棒糖的甜甜美味了，那種渴望的神情，任誰看了都會覺得好笑，也都會覺得心疼。

如此便可理解，當我阿母逃過我的監視與嚴格管制，成功偷渡了幾顆糖果在口袋，回到家又偷偷地分享給自己的金孫，兩人一起剝開糖果、塞進嘴巴，登時舌面、舌尖、喉頭全都綻放出油滋滋的幸福甜味，並且立刻洋溢到臉上，心花朵朵開，笑容漣漪漾。這對祖孫著實笑得合不攏嘴，張小嚕還會忘了阿嬤千萬交代不可說溜嘴，他忍受不住內心龐大的喜悅，得意忘形地說：「爸比，我和阿嬤偷吃糖果喔！」——不用說也知道，糖果的滋味已經加倍，因為祖孫倆並肩躲過「糖果惡魔」的禁止與阻攔，他們倆是最佳夥伴，最佳戰友，也是最甜蜜的祖孫。

蜂蜜

小熊維尼愛吃蜂蜜，張小嚕和他的阿嬷也愛吃蜂蜜，他們和小熊維尼同一國。蜂蜜，有什麼魅力吸引祖孫倆的鼻腔與味蕾？原因只有一個，甜。

我阿母每天吞慢性病藥丸，糖尿病與高血壓，吞著吞著，漸次吞出苦頭，漸次吞出苦不堪言。於是，每回吞完藥，就想喝點飲料、吃點水果、溶化一顆糖果，用我阿母的話就是「吃甜，壓味。」不過，這些玩意兒大多過甜，未蒙其利，先受其害，我時時不孝，禁止我阿母「壓味」。

有一回，我阿母瞧見張小嚕吃完感冒藥，接吃兒童維他命（用張小嚕的話就是：「壓味道」），看著看著就入迷了，一入迷便也央求吃幾顆嘗嘗。——這兒童維他命是小兒科診所醫師推薦，美國進口，無糖，可是會甜，因為有代糖。——張小嚕對瓶身上的英文說明很好奇，老愛追問他已經問過幾百回的問題：「爸比，瓶子上的貼紙寫小朋友一天可以吃幾顆？」我一如往常答道：「兩顆。」「一天可以吃幾次？」「三次。」張小嚕便會伸出食指與中指，笑嘻嘻說：「一次可以吃兩顆喔！」就在我把維他命搖入瓶蓋，倒入張小嚕嘴裡，他露出一臉滿足貌，這閃閃發光的滿足貌照得我阿母羨慕不已，急忙央求也吃幾顆嘗嘗。我還在察看瓶身英文標示大人可吃幾顆時，張小嚕已經做出明智判斷：「給阿嬤吃一顆！」我問為什麼只有一顆？他說：「大人只能吃一顆，我是小人才能吃兩顆！」——明眼的人一聽就知道啥回事了，「小人之心」是明明捨不得割愛太多，卻老愛編造一個冠冕堂皇的「利己」標準。

蜂蜜甜，更適合「壓味」。

蜂蜜甜之外，還具潤腸、潤喉功效，一舉數得。張小嚕和他阿嬤不喜喝水、偏愛吃肉，蜂蜜摻水，能一大杯一大杯呼嚕呼嚕甜滋滋過喉、下肚、潤腸、解便，蜜蜜匝匝，快活一趟人體溜滑梯。

我和妻到新疆，驚見天山草原密紛紛鋪展奇花異卉、百英千妍，山腳邊還發現有蜂箱數十盒，三名養蜂人頭戴網罩正採著蜜。趨前一問，是否賣蜜。養蜂人答有，遂買了三瓶純蜜，攜回台灣。祖孫倆此前只嘗過台灣龍眼蜜，尚不曾舐過天山百花蜜，一嘗，甜味之間散發異卉奇香，香味盡頭猶浮漾焦香，佳妙難言，猶如天山百草搖曳舌尖綻放燦燦英華。

張小嚕感覺到了天山嗎？或許有，或許沒有，但他太愛小熊維尼了，他只想學小熊維尼拿手指沾蜜吃，卻老被固執的爸爸阻止，只能含情脈脈舔著攪拌棒上的殘蜜，用舌尖去舔舐小熊維尼的甜，和小熊維尼產生深刻的共鳴。我阿母見金孫如此模樣，也忍不住要舔蜜，可祖孫倆明明都沒有吃藥，卻要求一起「壓味」。

這對祖孫面對蜂蜜，流露出來的莊嚴、喜悅和歡欣神色，旁人只能想到一個形容詞形容之：癡情。是的，就是癡情，除了舔蜂蜜、喝蜂蜜水這件事，你再也不容易見著這種癡情了。

燕盞

名醫友人送我兩罐老行家 350g 大罐玻璃瓶燕盞禮盒，以及四罐同產品提貨券。

我阿母和張小嚕爭先恐後，各霸占一罐。我開給他們吃，他們自己拿湯匙，盛了半碗，約挖去整罐三分之一，像吃豆花或薏仁一樣輕鬆愜意。張小嚕的評語是：「冰冰涼涼，像果凍。」我阿母則嫌：「沒甜沒味。」其實裡頭原加了一點冰糖，但我阿母是重甜派，故有此論。祖孫同時還發出疑問，這是什麼東西啊？

這是什麼東西？燕盞也。燕盞是什麼東西？燕窩極品也。燕窩，又是什麼東西？燕子口水也。——雖說我們雲林鄉下，燕子並不罕見，牠們築泥巢於水公司的水泥高塔底部、大橋墩底下、騎樓梁柱之間，但此燕非彼燕，此燕是雀形目燕科（如家燕），而彼燕之燕窩口水乃來自於雨燕目雨燕科部分雨燕和金絲燕屬的幾種金絲燕分泌出來的唾液。此燕與彼燕，兩者有何不同？台灣習見雀形燕科的巢是黃泥巢（口水加泥土，台灣常見），雨燕科和金絲燕屬的巢則是白羽巢（口水加羽毛），白羽巢採摘之後，經過蒸細、浸泡、除雜、挑毛、烘乾等複雜的加工才能製成燕窩成品，依形狀而有燕盞、燕條、燕餅、燕絲之分。其中燕盞保留原有形狀（杯口狀，故曰盞），體積大，故價格特別昂貴。

燕盞價格如此昂貴，誰來吃？怎樣吃呢？

且找找兩個大人物來吃給大家看一下：《紅樓夢》第四十五回〈金蘭契互剖金蘭語，風雨夕悶制風雨詞〉，寫道林黛玉每年春分、秋分之後，必犯嗽疾，加之與賈母多遊玩了兩回，勞神過度，又咳嗽了起來，較之往常更重，所以不出門，只在房中休養。薛寶釵來訪，說起黛玉的藥方，感覺人參、肉桂太多了，雖可益氣補神，但過於燥熱，於是建議：「每日早起拿上等燕窩一兩，冰糖五錢，用銀銚子熬出粥來，若吃慣了，比藥還強，最是滋陰補氣的。」林黛玉寄人籬下顧忌著不便給下人添麻煩，怕遭口實。善體人意的薛寶釵一回房，就差人送來上等燕窩。上等燕窩是啥？燕盞也。燕盞佳處為何？滋陰補氣也。另一大人物，據李菁《百年宋美齡》一書，宋美齡女士享壽一〇六歲，有一養生法即是：「她每天都會喫一小碗冰糖燕窩。」

燕窩如何料理？

且看袁枚《隨園食單》的風雅老製法：「燕窩貴物，原不輕用。如用之，每碗必須二兩，先用天泉水泡之，將銀針挑去黑絲。用嫩雞湯、好火腿湯、新蘑菇三樣滾之，看燕窩變成玉色為度。此物至清，不可以油膩雜之；此物至文，不可以武物串之。今人用雞絲、肉絲，非吃燕窩也。卻徒務其名，往往以三錢生燕窩蓋碗面，如白髮數莖，使可一撩不見，空剩粗物滿碗。不得已則蘑菇絲、筍尖絲、鯽魚肚、野雞嫩片尚可用也。」燕窩是名貴物、是文物、是清物，不可以輕易之心待之。

我之前知道這些嗎？當然不知道，我只是很好奇地上網查了一下價格，天啊，一罐居然要價四千七百八十元，又產生考據癖，略略考據了一下。然而這對祖孫不管這麼多，每次就直接嗑掉整罐三分一，兩人像吃豆花一般隨意地狼吞虎嚥燕盞，合起來差不多要價三千元！天啊！我再仔細看了一下瓶身食用說明，每次只要吃「一小匙」，完全應證了我考據出來的結果，燕盞乃名貴物。晚上我希望他們少吃些，各吃一小匙，我阿母率先發難：「你這呢儉，是欲做啥咪！倒半碗啦！」——古人常說，由奢入儉難；我常說，真正豁達、豪爽的只有我阿母，因為天下皆知美之為美，斯惡矣！我阿母還是堅持要吃半碗，吃的時候還嘀咕：「我就知曉你不甘給我吃啦！」至於張小嚕呢，他安靜地坐在角落，拿起已經打開瓶蓋的燕盞，直接挖著吃了！那真是一小匙一百元、一小匙一百元，開心地吞下肚。

這是一對推翻傳統、名貴和大人物的祖孫。

葡萄

名醫友人連續兩個節日（中秋節、教師節）各送來一盒水果。

頭一盒水果是日本岡山縣巨峰葡萄，日本人稱為「ピオーネ（Pione）葡萄」，台灣人則喚作「貓眼葡萄」。為什麼叫貓眼葡萄？因為碧紫披霜的嫩皮對切之後，湖水綠的果肉正中心有道銀河般的白瓤，向兩側細細拉長，宛若深邃的貓眼。

第二盒水果也是葡萄，同樣產自日本岡山縣，晴王翠玉葡萄，不是碧紫，而是渾身翠綠，晶瑩剔透，宛若一顆顆翡翠。

原先我不以為意，回到家便隨手把禮盒放在書桌，跑去洗澡。洗完澡，出來一看，祖孫倆居然不見了。走到客廳角落，這才發現祖孫倆窩在沙發邊，圍坐地板，正對著打開的葡萄禮盒，一顆接一顆地摘貓眼、剝貓眼、吃貓眼。我問好吃嗎？祖孫倆全不理我，繼續埋頭猛吃，摘葡萄、剝葡萄、吃葡萄，片刻不得閒。我又問了一回，好吃嗎？

還是沒人理我。

我好奇，自己摘了一顆吃，不吃還好，一吃驚為天人。貓眼入口，先是迸射的甜汁迅速撫慰了舌面上所有味蕾，繼而淡酸微微輕拂，如往日輕愁、如初戀追憶、如當時已惘然，最後收結於酒香，從喉間飄至鼻腔，吸入胸中，再呼還天地。一顆貓眼，滋味三疊，百轉千迴，美妙難言。無怪乎，祖孫無語，因為人生，確乎有那麼多時刻，只能無言以對。——所以，當妻下班進門，問我們在做什麼？同樣沒人應答。

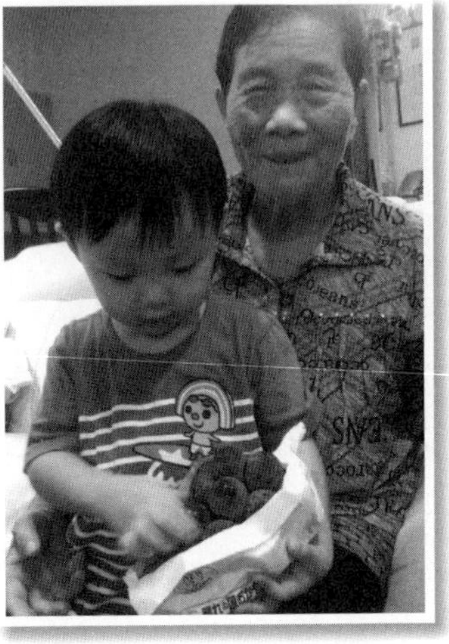

祖孫倆共享葡萄美味，吃得渾然忘我。

隔一段時日，祖孫又看到另一相似葡萄禮盒，喜出望外，打開一看，發現不是黑色貓眼，而是青綠翡翠，失望之情，溢於言表。但我阿母勇於嘗鮮，立刻摘了一枚翡翠，放進口中，原先失望「不是貓眼」的表情，竟像「那等在季節裡的容顏，如蓮花的開落」，蓮花開了又落，落了又重新綻放。張小嚕敏銳察覺到阿嬤表情的變化，趕緊摘了一顆吃，祖孫又回到深深共鳴之中，吃翡翠吃得渾然忘我，遺世獨立，獨與天地相往來。

我也趕緊嘗一顆，唉，唉，唉，無聲勝有聲矣，那看似苦悶的現實悄悄被咬開，迸出了硬脆的清香，皮也不管、籽也沒有，生活頓時充滿了豁然開朗的清脆與香甜，苦也不見，辛也消失，唯剩兩頰之間，一腔日常美好。

祖孫生命被葡萄啟蒙過之後，依依不捨，念念難忘，我阿母時常央著我去買一盒來吃。我上網查了一下，一盒三串，要價近三千，所費不貲，我們這種尋常人家，哪裡吃得起，所以打算趁老人家生日時，特地買一盒送我阿母吃。但我阿母是急性子，哪裡等得了一年，沒幾天她就興高采烈地買回一串綠葡萄，得意地說：「哪有多貴！菜市仔一串才一百塊！來，阿孫仔，做夥吃！」張小嚕興高采烈跑去吃，兩個人才吃第一顆，真的就看到祖孫的表情像「那等在季節裡的容顏，如蓮花的開落」，蓮花真的綻開，但轉眼之間，就謝了。

祖孫異口同聲說道：「好難吃喔！」

曾經滄海難為水，祖孫感受殊深。

祖孫倆目前很顯然還沒有富貴命，但曾經享用過好東西，就像劉姥姥進過大觀園，開過眼界，嘗過人間美味，希望最後也可以像劉姥姥一樣安穩度日、開朗樂觀、熱心助人，其實這樣，也很波兒棒啊！

輯八

小逍遙

只要

祖孫都愛問，今天要去哪裡玩？

玩了一天，回到家還說，今天都沒玩到！

這可奇怪了，不能不訪問一下顧客意見了。

頭一個ＶＩＰ客戶，訪查意見：

「阿母啊，玩整天，還講沒玩到？」「沒玩到。」「那沒！不是去山頂看花啊？」「花仔有啥好看。」「不是去貓空喝茶？」「喝茶，苦底底，我要摻一點兒糖都不給我摻，你還敢講喝茶。」「不是去河邊公園趣玩？」「那有啥好玩，你和恁子騎腳踏車，我甘會曉騎，憨憨在那裡等。」「風景不是足美耶？」「風景可以當飯吃喔。」「我不是帶你去吃雞肉？」「這嘛較有影，好加在有吃到雞肉，若無，今仔日就了去囉！」

第二個ＶＩＰ客戶，訪查意見：

「爸比，今天都沒有玩！」「怎麼會，今天不是有去貓空看桐花？」「不算！」（回答比阿嬤更簡潔爽快）「我們不是去貓空買紅茶，喝紅茶，還近距離看人採茶葉，你也有採了三枚葉子啊？」「不算！」「我們還有去河濱公園騎腳踏車啊？」「不算！」「晚上爸比還特地補帶你去坐木柵線捷運啊？」「不算！」「坐完捷運，我們還搭坐十五號公車回家啊？」「這個才算啦！——爸比，我告訴你喔，下次你不用帶我去玩，只要帶我去坐公車就好了啊。」

結案報告：學習主導權不是只有還給學生，也要還給祖孫啦！

祖孫遊蹤一例

星期天早上，遲至十一點才出門，驅車上國道三號，抵達往宜蘭國道五號的交流道前，已經塞得水洩不通了。

只好轉向萬里，至龜吼吃烤海鮮路邊攤，這家烤店與一般海產店不同，只用簡單火烤，保留魚鮮原味，價格亦平民化，雖然座位擺設簡陋，卻有天然海風吹來，不失純樸漁村風味，因陋就簡也就隨遇而安了。遂點了一條黃鯧、一尾軟絲、兩顆鮑魚、五粒生蠔、八尾鮮蝦、十二粒大蛤蜊、四顆海膽。祖孫盡情吃魚、嗑蝦、吮生蠔、吸大蛤蜊，吃得頗「暢」快。吃罷，至一旁沙灘，張小嚕踏浪玩沙，我阿母則在涼亭吹海風，看山頭乘風翔下的飛行傘、看老鷹盤旋而下用腳捉魚，看海面大貨輪兩三艘緩慢進出基隆港。——祖孫各得其樂。

傍晚驅車至金山、萬里交界處，考察有無適合泡溫泉之處，因上回祖孫在礁溪泡了頭一回溫泉之後，便迷上了。經過核二廠前，風大，天空上有很多風箏，下車買了一隻風箏，張小噜頭一次放風箏，很興奮，好不容易放起來，小心翼翼握著線軸，讓風箏越飛越高，直至放完線軸所有的線，興奮喊「好高！好高！」忽一陣大風，拉走手上線軸，線軸一路滾翻退後，高飛的風箏急速飄墜，線軸終於卡在草叢遠處一棵樹梢，風箏甦醒過來似地又高飛了起來。隔著莽草原，風箏是再也拿不回來。張小噜很沮喪，我阿母比較實際，嘆息道：「百五，飛去囉！」

放走風箏，驅車至陽明山日月農場。因為上回在金山泡的金湯溫泉會館，祖孫還想泡，但今日客滿，另找一家金山漁會溫泉會館，泡湯還可賞海景，頗愜意，可惜亦客滿。便轉到後山，陽明山溫泉乳白有硫磺味，金山是海底溫泉，無味無色。

我和我阿母合泡一間，張媽咪與張小噜泡一間，妻笑稱：「兩湯都是母子浴。」我單著一條內褲，先幫我阿母洗好澡，將熱湯用冷山泉水調涼，讓我阿母入湯，我也一起入浴了。日月農場的湯池，半露天，一壁岩牆、三壁木板隔間，頂上放空，可見樹枝婆娑，四周「樹蟬」聲盈耳，如雷達聲納鳴響。洗罷，我阿母和張小噜都很滿意，張小噜不禁讚嘆：「我好喜歡泡溫泉喔！」

泡完溫泉，在陽金公路上隨意找了一家「榕樹下野菜店」，點了我阿母最愛的「白斬雞」，三道野菜，麻油川七、香芹菜、山蘇，還有一道竹筍湯。山野時蔬頗鮮美，倒是用餐環境甚粗野，野貓兩三隻走來竄去，飛蛾撲燈，連蟬兒都飛到地面再飛上梁柱，噪響。

吃罷，至竹子湖入口賞夜景。全家四人看著輝煌夜景，不多久我阿母又尿急了，還好馬路旁就有公廁。看夜景的人多為情侶，我們全家四人是輝煌的電燈泡，但我學著人家搭著我阿母的腰，另一手搭著張媽咪的腰，張媽咪也搭起張小嚕的腰，於是我們全家也都成了情人，賞夜景，理直氣壯。

回到家，九點半，全家已經都泡過溫泉，洗好澡，很暢快。不久便全都進入夢鄉，但我還不能睡，我得把這種愉快，幫全家備份一下，保留一份恆久的記憶。

祖孫遊蹤二例

連續下了幾天雨，終於放晴，今天目標是把平安鳥送回羅東聖母醫院。十點多才出家門，先到摩斯漢堡買了全家餐在車上吃。國道五號，天氣大好，全台灣又把車頭對準宜蘭，肯定又要塞車，實際狀況竟然還好，十二點多就抵達羅東。選定一家「發伯豬腳飯」吃午餐，豬腳乃紅燒，類似台北四平街豬腳名店富霸王，但口感軟中帶勁略勝一籌，只可惜味道偏鹹了。不過，我阿母還是吃得很暢快，直呼：「真好吃，吃得飽圓圓、暢歪歪！」張小嚕剛吃一包摩斯粗薯條，飽足感未退，只喝了一碗蚵仔湯，也很滿意，直說：「爸比，很好喝喔！」

飯後，驅車至羅東聖母醫院，沒想到愛心小舖只開到中午十二點，只好又將三隻平安鳥送到急診室掛號處請櫃檯小姐代收，週一才會轉交給義工數算硬幣總額。櫃檯小姐說：「如果總數超過一千元，會再加送一隻限量版的粉紅色平安鳥！」——祖孫兩人儲存的那兩隻肯定超過，但是學校國文科辦公室那隻就說不準了，希望這三隻都能再得到一隻粉紅色的平安鳥喔，繼續存錢捐款做善事嘛！——回到車上，向祖孫倆解釋，可能還會再加送一隻粉紅色平安鳥喔！我阿母喜出望外，直嚷著她要，張小嚕也急忙喊要。我阿母忙說是她先喊，先喊先贏；張小嚕一臉委屈：「可是，我也很想要咧！」如果我還不趕緊說，是一人一隻啦，不用多久「粉紅平安鳥」爭奪戰就會上演。

下午兩點多，先到羅東鎮中山路吃紅豆湯圓，紅豆和湯圓是當天現場現做、現煮，甚好吃。吃罷，順便逛一下上回沒逛到的「21號倉庫」二手跳蚤店，一看，整棟日據老洋樓竟全在整修，以為店倒了，走近才發現柱上貼了遷移啟事。便按著啟事上地圖尋到新址，問老闆為何搬家，他說房東賣屋，不得不搬。問他怎麼不買。他說已經出到三千五百萬，別人卻出四千萬，買不到。我說太可惜了，日據老洋樓，雙拼三層樓，正處羅東市中心，四千萬不貴。老闆說，我若有三千五百萬就不用做這個了，買的人是投資客。——我心裡想，若有錢，也想買下來，找個人來幫忙經營，二三樓做民宿，一樓店面隔一半租人，另一半就開書店，不是想賺錢，只盼望不要一直賠就好了。然後就在附近買座山，開辦我的「donkey land」，當驢老大！讓祖孫倆每天都可以快樂騎驢子喔。

再驅車至南方澳，穿過神似法國馬賽迷你版的南方澳漁港，抵海灘。此沙灘，彎弓一弧，上弓處即海岸邊拔地而起、連綿不絕的壁立雄山，蘇花公路恰恰鑲在山腰間隨之蜿蜒轉折，下弓處即突出太平洋之岬角，隔絕出一個偌大的弧形漏斗，海潮湧來似箭，奔至灘前，驀地站起一人高，大吼，激噴流珠飛沫，飛沫經風一吹，竟霧茫茫般飄揚起來，瀰漫雄山綠屏前，竟如山水畫移動之雲靄水氣。

今天天氣好，沙子乾燥，陽光溫和，尋常人似不知有此沙灘，遊客奇少。張小嚕右手持鏟，左手拿耙，興高采烈鏟起他的沙子王國！我阿母只在一旁舔著漁港買得的老店芋仔冰，配著剛在羅東路旁買得的冬瓜茶，享用山風煦煦、海風涼涼的天然下午茶。

張小嚕玩到約莫五點多，天色將黑。我們便驅車回到蘇澳鎮，原想找自種自料理的稻香園（即種水稻以鴨除蟲的合鴨米達人），沒想到關門大吉，門口還貼著出租紅條（以為又倒了一家，但吃完晚餐回程時卻在馬賽〔天啊，真的就叫馬賽〕看見一間透天厝門首亮著「稻香園」，恍然大悟，原來遷居此處）。只好亂繞尋吃，找到火車站右側步行街一家阿英小吃店，不得了，從未吃過的魚雜：旗魚肝、膘、肚、腸、蛋、鯊魚皮，以及曾吃過的鯊魚煙，統統上桌，一套拼盤，繽紛上菜，甚好吃，又具新鮮感，

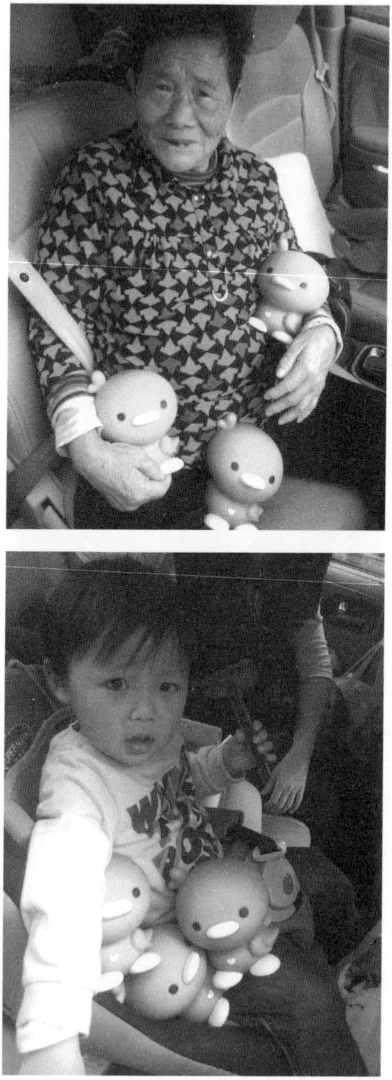

送平安鳥回家。

太適宜配酒吃了。可惜我們全家都不吃酒。

回程看見蘇花公路入口寫著坍方，封起來，花蓮路又斷了。

一路往北開回雪隧，至頭城，果不其然又塞車。回到家，果不其然又全睡翻，只剩我努力寫遊蹤備忘錄。為啥?宜蘭太好玩，不寫，祖孫玩了五十回全雜在一起，太可惜，就像上回祖孫去玉兔鉛筆廠，多好玩，但回到家太晚了，竟沒寫，現在回想起來，太可惜了啊!

祖孫遊蹤三例

今天，又驅車至宜蘭。在頭城商店街先為張小嚕買沙灘玩具組，再到外澳金車咖啡館前的海灘，讓張小嚕挖沙子和踩海水。這一帶沙灘沒啥遊客，遊客都在海岸線再往南些，擁擠的衝浪客隨著海浪上下起伏。太陽不大，海風微微，張小嚕玩得半身溼，已臨近正午，我阿母和妻飢腸轆轆，抓起流連忘返的張小嚕，先沖洗腳沙、再換新衣（咖啡館下有免費沖洗設備，很讚），驅車往北，到北關吃海鮮。

妻用手機上網，查得一家「更新海產老店」。入內一看，隔窗臨海，景觀絕佳，細一看，竟在防波堤上用餐，上頭自拉黑色防曬網，海堤自擺圓桌鐵椅，藍天大海地吃將起來。點了我阿母喜吃的燙鮮蝦、炒海瓜子，再點蔥炒勾芡曼波魚（頭一回吃，後來聽說曼波魚很癡情、很傻、很可愛，日後遂不吃了）、烤透抽、溫泉空心菜，又點了一尾當地時令「黃雞魚」做味噌湯，祖孫吃得很暢快。

吃完中餐，原想打道回府了，但我阿母意猶未盡。於是又把車子轉向員山，參觀金車噶瑪蘭酒莊，園區極大，草坪亦漂亮，但遊覽車一堆、遊客暴多，所幸廠區大尚不覺擁擠，只是釀酒廠入口竟出人意表沒電梯，只得由我攙扶著我阿母爬上二樓，再爬下來，著實費力。最後在酒堡內，品嘗了黑麥汁，買了三瓶，沒買任何威士忌，因我們無人喝酒之故也。

最後回宜蘭火車站，讓我阿母上廁所，再到遊客中心拿小吃簡介，發現不少好物。想嘗嘗麻糬米糕，開車到店前一看，竟見「今日賣完」公告。再轉到環城北路吃「北門口蒜味肉羹」，好吃。吃完想再嘗「老吳排骨酥」，找不到，繞了好幾圈終於找到，原是市場口一處攤販，進出頗不便，只得作罷；再轉去嘗「綠豆沙牛奶」老店，結果沒開；最後又喝了老店「檸檬愛玉」和「百香果加多多」。——宜蘭小吃真是好吃極了，可惜我阿母牙齒已經不太可用，大多只能遠觀而不能真入口，所以根本沒吃飽。

晚上八點，驅車回家，穿過雪山隧道，特地轉下坪林，讓我阿母如廁也。再到坪林街上，讓我阿母吃點東西。沒想到坪林晚上極冷清，好不容易找到一家「順益茶莊」，點了「茶油青醬炒飯」、「梅汁豆腐」和「菜脯蛋」，好吃得出人意表，我阿母吃得動也吃得飽啊。最後又在老街上買了茶葉菜包和綜合饅頭，當明天早餐。

路上我阿母一直問，不是要去海邊嗎？我說是啊！等我們到了海邊，張小嚕都已經在海潮邊挖沙沙了，我阿母還在問，不是要去海邊嗎？我納悶地反問，這裡不是海邊嗎？她說：「不是這個海邊啦，是你開冊店的朋友的那個海邊啦！」——喔，我阿母說的海邊是淡水啦。奇怪，她怎麼那麼愛淡水哩！至少去過一百遍了吧！（上上週我才又帶她去，「有河 Book」的老闆娘隱匿可以證明，因為那天書店旁的一間廟前，搭設野台戲棚搬演歌仔戲，我阿母入神地看了一個小時啊。）

將來淡水或「有河 Book」要找代言人，我阿母當仁不讓，一定要去爭取一下才行，有誰像她那樣真心愛淡水，百遊不膩呢！——至於張小嚕，只要有沙沙可玩，他哪裡都喜歡，當然包括阿嬤最愛的淡水啊！

祖孫遊蹤四例

這兩天，天氣忽放晴，想也知道肯定到處塞車，不是出遊好時節，但我阿母已經被陰雨鎖在家裡多週了，無論如何都要出去曬太陽一下才行。

昨天，我們全家四人，選了一條比較不會塞車的路程，到五指山為先父掃墓。車過汐止，又過了汐萬路三段之後，山路延伸而上，不多久便能一覽眾山小，重巒疊翠，如在深山之中，景色極佳。近來雖漸有人懂得來此，但主要聚集涼亭制高點一處，俯瞰汐止、南港、木柵、新店一帶城樓、山景，晴時可眺基隆港及汪洋大海。然此處最好眺望點，實在國軍公墓內，一般人不知入、亦不得入也。

五指山往返途中，實有不少地方甚有意思，如昨天我們便鑽進新遷來的食養山房閒逛，密林深處、禪意濃重，甚得雅趣。回程又轉上烘內里瑞士山莊、天外天瞧一瞧，別墅盤山，遺世獨立，景觀極好。祖孫兩人都說要住這裡，不想回家了。回到木柵，完全沒塞車，再到木柵，停好車，就在「順園麻油雞店」門前，點了麻油麵線、瓜仔肉飯、豬血糕，便宜又好吃，一看玻璃門上雜誌報導，才知主人從前竟是圓山飯店廚師，在此自行創業已十二年，我們住木柵也十餘年，竟完全不知有此店，可見吃得多麼孤陋寡聞。

今天，中午先到台大側門「15那不勒斯」吃南義手工披薩，點了一個八吋青醬燻雞、一個八吋海鮮總匯，一盤凱薩沙拉，一杯柳橙檸檬，甚好吃，但索價不菲。我阿母前幾天趁我學生來家裡玩時，也吃了兩片必勝客比薩，今天又吃，果然風味大不相同，15那不勒斯的披薩內薄軟、外厚脆，我吃厚脆外圈（沾醬油加醋），我阿母則吃內軟（配原有之燻雞、蟹腳與蝦，章魚吃不動就揀給我吃），也就是說，我和我阿母都只各吃到他們號稱披薩有兩種口感的各一種而已。

吃完，車往菁桐開去，要到皇宮茶坊喝下午茶。還好沒塞車，到的時候日式老礦長房內的位子只剩一矮桌，臨窗，面對戶外人工小池，內有金魚數尾游來游去。我阿母膝蓋不好，疊了三張小正方塊榻榻米坐墊方才勉強盤坐得住，張小嚕則興奮地在木頭地板上大搖大擺走來逛去，瞧瞧各角落一處處盤坐的其他客人。喫茶罷，又走經太子賓館到菁桐車站前晃晃，人山人海，擠到只能隨人潮前行。最後，我和我阿母各買了一條黃玉米吃，中午披薩沒吃飽之故。

原想再開車到十分，但看路上車子漸多，打退堂鼓，便打算移車到石碇吃豆花。快到石碇前，溪對岸見一棟新木構教堂，綠鐵皮鋪屋頂，狀如盔帽，風格頗近北投圖書館，遂將車唐突轉回，過橋，直接開入，原來是中崙長老教會山林週堂，供作靈修用。教堂蓋在高速公路正下方，車聲轔轔，很是特別。再到石碇老街，吃了老店一粒粽的桂花粽和蛋黃粽，太硬，我阿母興致很低，店裡自製的桂花、玫瑰花奶酪及烏梅汁，卻好吃得不得了。

我阿母只想吃雞肉。到老街尋雞，老街近來整治越發好了，「不見天街」也已經開放了，從前我們來沒幾家店可吃、沒幾個景點可玩，如今店面增多、景點亦開發不少。我們逛了一圈，張小嚕興奮地追著一個小男孩吹出來的彩色泡泡，過了許久，我們一邊等「寶福飲食店」的戶外座位，準備點吃我阿母愛吃的土雞肉，結果等不到也，再加上現在半隻雞已經漲到「四百五」（物價飛漲忒快，一隻要價九百塊，試問雞大哥，您是吃山中黃金長大的嗎？）我們頓時興致闌珊，決定回台北吃飯。回轉到通往石碇、平溪、深坑三叉路口，溪邊有一家「甜」餐廳，左近還有一吊橋，清泉石上流，風光絕似小中橫，陪我阿母進到裡頭，好山又好水，還免費，因我阿母又要如廁也。

回到台北，終於塞到車，深坑外環道走走停停約半個小時。好不容易掙出車陣，驅車至江西會館，見一旁有家新開「雲來香」雲南菜館，進去點了椒麻雞（我阿母盼了一天的雞肉終於出現）、咖哩蝦、蝦醬高麗菜，小吃一頓，女侍者發現我阿母，興奮地拉著她的手，原來是萬芳社區梁媽媽家餐館裡的舊侍者，她認得我們全家，知道我阿母愛吃梁媽媽的炸雞腿，這家店是她表姊開的，她倆都是雲南人，大陸新娘。

我阿母連玩兩天，很暢（ㄊㄩㄥ，台語），她以為明天我就要上班，有點兒依依不捨，等我告訴她明天還放假，她如在夢幻中，就連我跟她說明天只能去參觀一下而已，她也開心得不得了。明天是這樣，我們全家吃完午飯，要去歷史博物館，看大清盛世，順便看一下齊白石畫展，如果有賣畫冊，要買兩本，一本我自己留在借山月樓賞看，另一本要寄去河南聽荷草堂，送給馮傑。至於我阿母，我猜她逛不了多久，一定會喊無聊，但沒有關係的，她只要放晴能出來玩一下就很開心，而且知道她耐心逛完之後，她兒子一定會準備給她好吃的東西享用啊。張小嚕呢？張小嚕一直默默跟著玩啊，只是安安分分，難得沒鬥嘴、沒吵架而已啦！

祖孫遊蹤五例

今天目標是好好玩大稻埕。

早上九點多出門，直驅林柳新偶戲館。先上古洋樓二樓DIY布袋戲台，發現台上躺有一隻紅鬍戲偶，一隻戴面具的戲偶。我坐在條凳上，左手撐起紅鬍偶，張小嚕太矮只能站立條凳，右手撐起面具偶。我為戲偶各起了名，紅鬍偶是虯髯客，面具偶則是財神爺，我和張小嚕便開始搬演起「財神爺大戰虯髯客」給台前的阿母看。我和張小嚕來回攻防纏鬥鏖戰好一會兒，張小嚕忽建議：「那我們坐捷運去內湖吧！」因內湖有疼愛他的姑婆，還有姑婆會帶他去坐的美麗華摩天輪，於是虯髯客便和財神爺一起演出坐捷運的樣子，在戲台上滑稽地，噗噗向前了。

祖孫、父子三人逐一看完四層樓偶戲館之後，臨出館門，發現牆角有一面鑼，敲一下需贊助十塊，我投了兩枚十元硬幣，讓張小嚕拿起棒槌，試敲了一下，張小嚕想再敲，我阿母見狀也想，便直接從張小嚕手上奪走棒槌，張小嚕錯愕莫名，隨即伏趴地上，大哭起來——恰好兩名日本女孩觀光客正買票，聽見哭聲，回頭察看，訝異地張望這對祖孫的奇妙舉止。

又走路去看完李春生教堂外觀，忽見五號水門有重型帆船比賽，張小嚕和我阿母都想看船，便轉往淡水河畔看船去也。太陽太大，帆船又在台北橋下繞來轉去，有點距離，沒臨場感，祖孫很快失去興致，不想看了。

中午，原想吃永樂市場旁的米苔目，結果沒車位，轉來繞去，好不容易停妥車。下車一看，竟是老牌西餐廳「波麗露」門口，興致一來，何不試吃看看。入內，我阿母點了燉雞飯，我點了海鮮咖哩，好不好吃呢？見仁見智，但價格有感，兩客七百多。

飯後至「柏祥號」，太有趣了，手工鏤空鐵牌，趕緊訂了四塊，可送朋友，百城堂、林漢章和袁芳榮，另一個則是俺的名字。旁邊有家台灣文物古物店，名曰「秦境」，乃年輕人收藏日久逕自開起店當起老闆之小店。

再到「仁安醫院」，看日據老診所原封不動變成博物館，甚好。只是祖孫倆興致缺缺，頻頻催趕，完全不能好生細賞。

祖孫趕啥？原是為了吃左近「呷二嘴」的米苔目冰。進得店內一看，才發現，我哩咧，夏冰期已過，全賣熱食！祖孫失望之情，不言可喻。

接下來便是車遊，開車至有記茗茶、日星鑄字行、後火車站廣場，只能稍稍停候門口，深情張望一眼，就得離開。——因為，祖孫皆沒興趣也。

傍晚四點抵達阿輝書屋。阿輝老闆取出玩具讓張小嚕玩，我阿母專心吃桌上的紅麴薄餅、柚子，我終於能專心看點舊書了。

五點多，與在學校看完學生跳帶動唱的張媽咪會合，同往木柵路老娘米粉湯吃晚餐。吃罷，又去景美夜市讓祖孫盡情打小彈珠。

打完彈珠，回到家已八點多。張小嚕還亢奮著，我正抽著空寫一下行程備忘，他坐我大腿上撕紙，一直塞撕碎的碎紙給我：「送給你，回家小心拿喔！」——這是提醒我把散碎的足跡拼湊成完整的紀錄嗎？

我阿母呢？她睡好一陣子了，想也知道，正滿足地打著呼呢！

祖孫遊蹤六例

秋暑大熱，不能再去祖孫愛玩的海邊，一不小心，人就烤焦了。

中午遲遲出門，往烏來去，求山林庇蔭送涼。不想再吃台雞店，妻用手機查得「于烤魚」，入店點了「招牌烤魚」（高山鮮鱸烤後入椒麻湯浸煮）、「炒絲瓜」和「芙蓉豆腐炒肉末」，極好吃。店內牆櫃擺設許多音樂獎盃，細一看方知此店乃歌手于冠華所開。一名年紀頗大的女侍，人極和藹，竟是于媽媽。

吃飯至一點多，于冠華忽出現，在店中自彈鍵盤哼唱起來，唱泰雅古調、唱流行歌，唱至林憶蓮〈聽說愛情回來過〉，滄桑至極。唱罷，在陽台上看山景，于冠華恰好出來，我說從前都不知道您是原住民，臉白又斯文，他說父親是山東人。後來和于媽媽聊天，我跟她說，我阿母和她一樣都嫁給了外省老兵，我問她們夫妻相差幾歲，她說十六歲，我說我父母相差十九歲。于媽媽不會說台語，只是緊緊握著我阿母的手。一直說以後有空可以常來吃魚，——她和我阿母都是那個時代下嫁給外省人的婦女，她為了她兒子，六十五歲了還不斷呈現和付出只有自己開店才有的熱情和親切，招呼著每一個進門的客人，我感動到幾乎以後要把所有認識的朋友都找來吃魚，何況是真的非常好吃啊！

吃罷，到烏來，熱不可擋。張小嚕得知有小火車，滿路嚷著、盼著要坐，穿過烏來老街，走至台車站前，竟見一公告寫著：「豪雨過後邊坡有危險之虞，小火車暫時停駛」，張小嚕失望溢於言表，嘟嘴負氣，然不敵暑熱，不久昏沉睡去。我趕緊回停車場開車，接得全家，直往烏來瀑布開去。到得瀑布，張小嚕午睡仍未醒，索性直往深山開。

車過小隧道之後，兩側山聳斧劈削立，樹密林深，深谷深碧，河石磊磊青青，深山絕谷，景色幽美不可言傳。車經信賢、福山部落，抵「北107縣道」盡頭，馬岸部落。已然山窮水盡，沒有柏油路了。

張小嚕忽醒轉，我們全家便下車，進馬岸部落一家敞開三面的餐廳，買鋁箔包飲料配科學麵，和泰雅族人一起觀看電視裡的新聞報導。部落族人忽接二連三出現，掏出錢來，遞交餐廳老闆娘，老闆娘收錢後逕翻查、登記紙上，我原以為是簽六合彩，

張小嚕與奶奶、阿婆合照，照片裡蘊含歲月的久遠、新鮮，世代關照、接續，更有台灣族群並列與融洽！

等付過飲料錢，才發現是鄰長老闆娘正登記著部落出遊名單。

過一會兒，有一老婦走來，原在一旁和我們一起看電視的中年婦人忽問我阿母幾歲，我幫忙回答七十三（我阿母連自己歲數都搞不懂的）。她讓我猜老婦人幾歲，我猜八十五，她說已經九十歲了囉，是她的姑姑。老婦人臉極白皙，捲髮，氣色絕佳，走起路來靈活自如，完全不像九十歲模樣，膚色也不似原住民。老婆婆只會講一點點國語和台語，只通曉泰雅語與日語，說話時非常有氣質。我問中年婦人，老婆婆是原住民嗎？她答是，說老婆婆的兄弟姊妹臉都白，但生下來的小孩卻都黑。我說，可能是荷蘭或葡萄牙混血的後代，也有可能是外國的後代。

我讓張小嚕、我阿母和老婆婆一起拍照，張小嚕坐在老婆婆左邊小板凳，我阿母則站在老婆婆右手邊，我阿母難得站著和人拍照，因為她的輩份在我們家族已經是最大的了，但老婆婆大她將近二十歲，站著拍照也是理所當然，只是我阿母一站在旁邊倒真像個孩子似的。

這是一張很珍貴的祖孫照片，裡頭有歲月的久遠與新鮮，也有世代的關照與接續，更有台灣族群的並列與融洽啊。

祖孫遊蹤七例

二〇一二年十二月二十九日，今天目標是猴硐。

早上十一點出門，路過菁桐，從橋上往下看一眼太子賓館，尚未開放，就直接穿過了。我們全家從這條路經平溪、十分、雙溪、貢寮玩到福隆，起碼數十回了，所以今天要玩從未去過的地方。

到平溪，約莫正午，到老街「紅龜麵店」吃乾麵、肉羹、雞捲（絞肉加芋頭絲炸成），極好吃。我們坐在麵店門口，抬頭昂過一堵山壁，上頭嘟嘟穿行而過是平溪線四節小火車，張小嚕邊吃麵邊望著天空發呆，才發現原來他在看升起的一盞又一盞的天燈。吃麵罷，往老街走，兩條長長排隊人龍排買大腸包小腸。祖孫倆不可能有排隊耐心，便走進顧客不多的「山泉水豆花店」，點了一碗紅豆、一碗綠豆豆花，居然好吃的緊。吃完豆花，經清澈小溪短橋，往上坡走一小段路，抵平溪車站。買了一座天燈，祖孫倆興高采烈胡亂塗鴉，最後就在鐵軌上升空！

離開平溪，特地彎進遊客絕少的小村落嶺腳，只為了看一眼蔡家洋樓古厝，極美。只是人去樓空，據說後代子孫皆在國外。然此處甚宜住居，更適隱居。

張小嚕午睡生理時鐘到，準時在車後座呼嚕睡著。這很麻煩，因為抵達「十分」礦場博物館，原要讓他乘坐小火車，卻怎麼都叫不醒，只好繼續前進朝猴硐出發。停在路邊看地圖，這才發現不妙，十分根本沒路可通猴硐，得繞一大圈到雙溪或瑞芳再行折返猴硐，唯一捷徑竟是平溪線火車。於是只好先左彎到瑞芳，這條路我們從未走過（從前都是右彎到雙溪）。此路不走還好，一走大為驚豔，沿途和剛剛眾

到平溪放天燈。

山夾峙、臨溪壓抑的來徑不同，左側大山，右側放眼望去即是遼闊開展景象，山路盤旋越高，東北角一帶群山忽在車輪底下，重巒疊嶂列屏如畫，一覽無遺。忽見前方嶺顛有一雷達站，極似陽明山所見，心想不可能為草山所有。遂留心分岔路可登上者，不久即發現路口，一路逶迤前行，忽逢開闊處，芒草搖曳，紛紛英雪，縱目西北山谷之下所見，丘陵、海岸、大海，歷歷可指，海面不遠處還有一座小島，想必是基隆嶼。至嶺峰處，馬路終止於一座鐵柵門前，原來是交通部氣象局雷達站。停車，站上路旁石墩，往東北縱目極望，風奔雲飛，滾滾翻騰拂面襲身而來，蒼茫獨立，竟有說不出的況味。

下山，至瑞芳，往九份走，半路才發現通往猴硐的分岔路。但天色已晚，就決定不去了。張小嚕這時才醒來，吵著要坐小火車，我只能跟他說小火車已經開走了。到九份，人潮洶湧。九份蜿蜒小徑，人擠路長，不適合我阿母走。便到金瓜石，決定到從未去的水湳洞，吃山城食堂。到了時候才發現沒開，倒是對面有一家「甜蜜屋」賣義大利麵，廚師是外國人，便進去點了雙菇青醬義大利麵、墨魚黑嚕嚕比薩、手工熱狗堡，附餐是蟹肉濃湯、肉桂捲、布朗尼，都很好吃。原來是加拿大洋女婿，為愛移居台灣而開餐廳也。我們坐在門口半露天區，往山腳下看，是濱海公路和黑漆漆的大海，吃到一半，又大又圓的月亮從海面升起，月亮周圍全是絲帶般的白雲，我興奮地對張小嚕說，趕快看月亮喔，我阿母也回頭，難掩失望：「我說是啥米咧，月娘啦！」我脫口說出：「海上生明月，天涯共此時。」張小嚕也跟著一起在月光下朗誦這兩句詩哩。

吃飽，下山，接近濱海公路的丁字路口，發現路左側倒了一台腳踏車，旁邊還有一個年輕人坐在柏油路上，看上去像受傷。我搖下車窗，問他需不需要幫忙？他說車胎爆了，沒事，就快修好了！我聽口音，問他是大陸人嗎？他說是。我問他有沒有找到住的地方。他說還沒，又問我九份過去還要多遠？我說，往前是上坡路，大約還要半個小時左右。他說到九份再找地方住，謝謝。

我們離開年輕人之後，張小嚕一直追問為什麼他的輪胎破了啊？我就沿途跟張小嚕解釋破胎、騎腳踏車、自助旅行、大陸和台灣、年輕人、還有對別人伸出援手。張小嚕最後說：「可是我年紀小，沒有辦法幫他喔！」我說：「可是爸比可以啊！你以後長大後也可以幫忙喔！」

回到家，我們還是沒玩到猴硐啊！

二〇一二年十二月三十日，昨天還像夏天，穿短袖出去玩，一早醒來，氣溫溜滑梯，十、九、八度往下降，出門如闖冰箱，寒氣砭人。

今天只想到烏來泡湯，祛寒。

中午先到新烏路于烤魚吃飯，點了招牌烤魚、南瓜佛跳盅（南瓜內有絞肉、蓮子和櫻花蝦，軟熟香甜，適合我阿母吃）、清炒高麗菜。魚是高山鱒魚加上特製麻辣香料，和上回一樣鮮美好吃。吃畢，舒服，可惜于冠華今天不在店內，少了現場演唱，總覺得少了一味。

驅車再到烏來溫泉街，尋找適宜泡湯店，發現左側有下坡路可達溪畔，一旁有大停車場。停好車下來一看，溪畔一池池礫灘圈起的淺塘竟有不少人在泡腳，也有人光著身子泡，冷風在山谷呼呼吹，細雨飄落，溪水淙淙，淺塘冒起一陣陣熱煙，竟是野溪溫泉啊。我們也想下去試試，但想到八度低溫，即使只脫鞋泡腳，泡完之後肯定寒風刺踝，大人也許能夠忍受，但對老人小孩可不行，只好放棄這個念頭。

轉上街，尋得一家湯布苑，湯屋窗正對溪景，泡湯同時看山賞溪，愜意得很。

我們家泡湯，都由我來擔任主角，負責洗缸、放水，還得先幫我阿母洗澡，扶持入池（禮遇和皇太后差不多），待泡完澡，出落清爽後，再幫我阿母洗頭、擦拭乾淨、穿好衣服，再扶上浴室旁的彈簧床略事休息。接著再洗張小嚕，程序和我阿母大同小異，今天就我和張小嚕共洗，父子共浴，其樂融融。最後才讓妻獨享一人泡湯之樂。

妻獨自享受泡湯之樂時，張小嚕已有午休睡意，卻在來回奔衝至床上翻滾的動作中漸漸消失，擾得我阿母休息不得，頻頻笑鬧抱怨。祖孫兩人便彼此偷覷、捉弄、哈哈大笑，最後又以吵鬧收尾。張小嚕先發難：「爸爸，阿嬤捏我啦！」我阿母也不甘示弱：「阿誠仔，你子一直給我吵啦！」我躺在床中間，右手壓住我阿母蠢蠢欲動的雙手，左手制住張小嚕衝動過界的小腦袋，應接不暇也。

泡完湯，到老街吃泰雅婆婆風味餐，點了泰雅勇士湯（山胡椒馬告豬腳湯）、白斬雞、桂竹筍、山茼蒿和一杯小米酒，加上買來的烤乳豬，享用了一頓泰雅美食。最後又在老街上買了一條馬告香腸、玉米，一串山蕉，一盒芋頭籤，肚子填得飽飽地在寒風中走回停車場。

回到家，我阿母其實很暢，因為她已經很久沒有這樣連續兩天都在「趣玩」，雖然她嘴裡還是這裡嫌嫌那裡唸唸，雖然還是頻頻喊累喊腳痠，雖然嫌嫌唸唸抱怨不停有時讓我火氣也忍不住上來，但我知道她心裡其實是很「暢」的，——只要她暢，我忍一忍，終究也就「暢」了！

二〇一二年十二月三十一日，這一年的最後一日，天氣冷，還是泡湯好。

昨天的烏來溫泉無色無味，今天換口味，到陽明山馬槽泡硫磺溫泉。

先到龜吼漁港略略補充一下熱量，特地又光臨漁莊餐廳，點上回老闆娘推薦的美味壽司，曾讓我和友人大為驚豔。我向點餐小姐說，想點上次吃過的長條白色魚握壽司。小姐回說是不是「比目魚鞭肉」。我一聽，怪不好意思，比目魚居然還有魚鞭！後來才搞清楚，原來是「比目魚鰭旁『邊』肉」，簡稱魚邊肉。這款壽司好吃，上回老闆娘還說可不是每天都吃得到，非常美味。果不其然，我阿母和妻吃了之後都直呼美味。另外又加點了鮮燙蝦和鮭魚尾味噌湯，吃得恰到好處，精緻美好。

吃飽，直奔日月農場，沒想到人滿為患。排了近半小時，終於輪到。我和我阿母一間，妻和張小嚕一間，限洗半小時。我趕緊幫我阿母洗好澡，囫圇下湯。起先我阿母只願意坐在浴階上，泡泡半身。我跟她說可以下來池底，泡全身。她說不敢。我說我來扶妳。扶到池內後，我叫她蹲下身，結果我阿母身子矮，屁股還沒到底，溫泉就已經淹進嘴巴，喊鹹。我只好托住我阿母後頸，叫她身體放鬆，兩腳上抬，沒想到我阿母的肥肚、肥臀，竟像氣球一樣浮起，浮力之大，速度之快，讓我們母子倆都嚇了一跳。

速速洗好溫泉，彼此把手背靠近鼻子一聞，都有淡淡硫磺味，好極了。

往前山下山，回台北，到民生東路吃史記正宗牛肉麵（這店是舒國治先生帶我來吃的），點了兩碗紅燒牛肉麵，一碗清湯抄手，和硫磺溫泉一樣讓人滿意。

二〇一二年最後一天，我阿母和張小嚕回到家很快體力不支，睡著了，雖然祖孫倆沒能看到我們家樓頂就能輕鬆看到的一〇一新年煙火，但今年的最後一天，在溫泉的呵護下，祖孫倆從頭到腳、從裡到外都是非常愉悅爽快的啊。

祖孫遊蹤八例

中午全家至北投湯瀨溫泉會館吃午餐，麻油川七、山藥百果、炒高麗菜、壽司、炒飯，皆佳美。

餐後，直接泡湯，原本兩對母子各自泡，張小嚕堅持要父子湯，最後變成祖孫三代泡一湯，妻自己享用了一湯。

浴罷，上龍鳳谷懷想郁永河北投採硫舊事。三五道熱氣直直上衝，張小嚕說：「爸比，噴火龍躲在裡面喔！」

途經張學良少帥禪園，想入內一探究竟，苦無車位可停，只好作罷又經毗鄰之佛林寺，料想山景當相似，便迴轉入內，停好車，下階梯，直入大雄寶殿，四字橫額乃右老榜書，神氣洋洋，楹柱大聯「願門廣大不思議，慈心普徧等虛空」，乃弘一所書，安閑靜定，足見原住持之眼光高雅、交遊廣闊。山門有偈：「法界圓融，翠竹黃花無非般若；藏經方廣，青山綠水盡是禪機」，很能寫出佛寺隱立山谷之妙境。祖孫燒香拜佛捐獻之後，回身一望，北投翠谷、淡水一河，俱在眼下；寶殿釋迦牟尼大佛平目眺視，竟是青翠之觀音山容也。細一查看，方知此寺為老佛剎，始建一九二八年，由妙吉法師傳曹洞宗法脈。出得佛寺，方才發現是「法藏寺」，佛林寺乃緊鄰之新寺院。

下山，隨意停車，見蔡元益紅茶，買來一喝，頗好，一查竟是北投老店名物，口福不淺；對巷有一老 Kawasaki 摩托車改裝成三輪車，車齡頗老，販賣豆花、紅豆，攤車上不鏽鋼吧台擦得一塵不染、閃閃發亮，讓人生出許多好感。我平素好食紅豆，特地過街買了一碗紅豆湯與紅豆豆花。旋即驅車往唭哩岸捷運站，讓我阿母上廁所。恰好一旁就是「晴光紅豆餅」，見三五人排隊，趕緊湊熱鬧也去排隊買來嘗嘗（我太愛吃紅豆了）。買得紅豆餅回來，擅製紅豆湯的妻居然和張小嚕先品嘗了剛買的紅豆湯，妻讚嘆不已，直說：太好吃了，紅豆碩大飽滿，滋味美好，不可思議。又說張小嚕停不下嘴，要不是強力制止，早就吃光光了。妻建議應該折回去再買幾碗。我先吃了剩下的半碗，立刻決定馬上繞回去買，再買了四碗紅豆湯、一碗綠豆湯和兩碗紅豆豆花，帶回家慢慢吃。買的時候還興奮不已，興奮到吃好道相報，趕緊打電話給舒國治先生，此攤完全符合他對好小吃的要求，乾淨、敬業、純手工、執著、專一、不添加有的沒的（老闆娘說她的黃豆都是非基因改造的。廉價又好吃：一碗紅豆湯才三十元），請他趕緊去品嘗！（電話裡頭我似乎講得太激動，囫圇不清了！哈哈哈！）——最後，排隊買來的紅豆餅我竟一顆都不想吃了。

回到家累歪歪，幫我阿母曬好衣服，老人家就寢之後，我還一邊寫備忘錄，張小嚕坐在我的大腿上，他推著公車模型車，喃喃自語，我們都累到半夢半醒了。

祖孫遊蹤九例

我們一家三人，從司馬庫斯開車回台北，邊走邊玩，賞風景賞了一整天。張小嚕在司馬庫斯看到了神木，因為他爹背著十二公斤的他，來回跋涉十公里，走了六小時，才終於看到數十株巨大神木聳立眼前，張小嚕果真感動到滿溢出來，因為他的尿布溼透了，只好在神木底下脫得赤條條，換上一件全新的。

我阿母沒來，因為老人家爬不動山，我也背不起她，爬山行程，一律得缺席。

回台北後，隔天全家四人再度同遊。原想到上回曾路過的菁桐皇家咖啡館喝咖啡，再往十分的樓仔厝吃午餐，結果平溪天燈節，封路，進去不得。只好又轉向雪山隧道奔去宜蘭亂玩了。

先到頭城「麻醬麵蛤蜊湯」吃中餐，人滿為患，站著等了將近二十分鐘才輪到空位。還好上菜一吃，蛤蜊湯確實鮮美，小菜如嘴邊肉、鯊魚煙、粉腸、大腸、小卷、雞捲、油豆腐、燙青菜，也很不錯，麻醬麵倒是普普統統，我阿母看到滿桌小菜，直呼：「你是咧辦桌乎！」

吃完中餐，走路到對面八十五度C喝咖啡。我阿母點了一杯熱紅茶，老人家直喊苦，想加糖包，我只讓倒進半條糖包，我阿母齜牙咧嘴直喊不夠。張小嚕忽衝上前親了我阿母一下臉頰，我阿母摸著張小嚕小臉，猛點頭，說：「疼值！疼值！」熱紅茶登時變得甜滋滋，不用加糖了！

喫茶罷，又往上一回經過時尚未開張的蘭陽博物館逛，進去一看，真沒想到博物館除建築精采之外，裡頭的展覽、陳列亦好，每一層樓各有主題，宜蘭的歷史、山林、海洋、地質、動植物、文化和風俗介紹得深入淺出，極為用心，看完非常感動。我阿母在裡頭走走坐坐，一邊看著張小嚕興奮地在裡頭走來走去，她就不太如往昔一樣頻頻喊累了。

逛到下午五點，博物館打烊。再驅車往從前愛呼朋引伴同去衝浪的烏石港北海域瞧一眼，寒流來襲，海面竟空無一人。再往北開，海岸邊竟新開一家黃色大箱形的店，原來是金車咖啡館，遂鑽到裡頭吃了晚餐，邊看海景一點一點消失在夜色之中。

晚餐喫罷，打探到附近山上，還有一家城堡咖啡館，便沿山爬行，山下忽見岸邊燈色漸次一行行出現，黑漆海面有零星三四道漁船燈火。抵達山頂，果見一座兩層樓高城堡建築，但已接近打烊的七點鐘，只能在外面看看，不能進去再喝一杯咖啡，可惜。

下山後，便直接鑽進雪隧，回家了。

這趟小旅行，我阿母做了生平頭一件特殊之事，老人家終於願意、自動自發穿上第一件成人紙尿褲，那是上車後她突然跟我說的：「我穿一領內褲！」我沒聽懂，她拉鬆腰帶翻出紙尿褲的白色褲沿給我看，我才恍然大悟。雖然從頭到尾她都沒有尿在紙尿褲上，但是穿著紙尿褲，似乎讓我阿母比較安心，今天才沒像從前一樣頻頻尿急。表示她心裡的壓力減輕許多，這是一件好事。

確實這也理祖孫間的一件大事，因為小孩穿紙尿布是再正常不過，但對我阿母而言，那可是一件大事，因為沒有任何一個大人會願意穿紙尿布的。我阿母願意穿，很大原因便是張小嚕也穿尿布，讓她穿尿布時不覺得孤單、不覺得怪異、不覺得尷尬。

她的金孫默默陪著她一起穿尿布——無聲勝有聲，隱形勝有形。

風起

輕度颱風來，風雨時停時續，偏遇上例假日，祖孫倆哪都不能去，在家望雨興嘆，眼神全是失望，講話滿是惋惜。

在家一籌莫展，忽靈光一動，不如全家去看宮崎駿新動畫《風起》，可直驅地下停車場，再搭電梯直達影城，風雨無憂。遂上網訂票，全家驅車趕赴信義區華納威秀影城看電影去也。

早上十點二十分早場。

進場前必須未雨綢繆，祖孫看完電影，已超過十二點，準要餓到哇哇叫。於是先買了一大桶爆米花（甜鹹參半、上鹹下甜，味道變化層次感極佳）、兩杯大檸檬紅茶、兩條吉拿棒和一顆可頌麵包。

選定入口處四連座，方便祖孫上廁所也。

祖孫開始享用食物，我阿母吃完可頌，張小嚕和張媽咪嗑完一條吉拿棒，大家又「八手四舌」地喀嗤喀嗤咬起爆米花，渴了吸食檸檬紅茶，——這時電影預告片都還沒放完哩。

祖孫看電影，興奮不已。我阿母立刻取出太陽眼鏡，戴上，還不忘解釋：「怕太光！目睭凍未條！」這是張小嚕電影院初體驗，來之前他還擔心：「電影院太黑，我會怕咧！」但在爆米花熱烈聲響的陪伴與支持下，他忘記害怕，只有預告片出現太多血腥畫面時，才摀著眼睛說：「我不敢看！我不敢看！」（電影院竟忘了預告片也要分級！）終於播完預告片，好不容易捱到《風起》正片，日文發音，祖孫完全聽不懂，但不用擔心，因為爆米花喀嗤喀嗤、爽爽脆脆相伴。——聽不懂，沒關係，爆米花會安慰他們。

電影放了一小時後，我阿母尿急了！我趕緊帶她上廁所。上完廁所，回途時我從工作人員手中拿了兩塊大紅厚墊給張小嚕，讓他墊高看。但我阿母計較起來，說阿孫有，她怎麼沒有，只好一人一個。再過了二十分鐘，換張小嚕想尿，我又帶他去上廁所。回來後，祖孫開始不斷追問：「怎麼還沒完啊！」一次比一次大聲，一次間隔比一次短暫。

祖孫看不懂的宮崎駿的《風起》，原來這是描述二戰日本飛機設計師崛越二郎的故事。崛越是日本英雄，他設計的零式戰鬥機，二戰初期出盡鋒頭，擊落歐美各國先進飛機，所向披靡；但最終被美國新式飛機趕上，敗績連連，風光不再，也讓日本捲入更深的災難。直到大戰結束，日本付出慘痛代價。——宮崎駿把崛越二郎如此傳奇人物，拆開兩部分來談，一是有夢想、有衝勁、有理想、期待超英趕美贏過西方，代表日本的精神、決心與信心；另一卻是遭受詛咒、蒙受戰禍、慘受災難之自食惡果。也就是說，倘若前者不能避開後者，天大的夢想也會成為天大的災難。——這是反戰、反核，主張人道、環保的宮崎駿先生一貫立場，也是宮崎老先生給過去及當今日本社會的大棒喝吧！

祖孫有想這麼多嗎？當然沒有。他們好不容易看完動畫，開心地吃完「宜蘭九層炊」。因為動畫演得有點兒久，兩個人都累壞了，平常都會鬥嘴的祖孫倆，居然累到一句話都說不出口，張小嚕昏昏欲睡，我阿母也呵欠連連，祖孫兩人平和模樣，竟像極了宮崎老先生的立場：反戰、人道、和平相處了。

祖孫遊花蓮

遊花蓮，開上蘇花公路，便已然開始。

我阿母和她的金孫張小嚕即使壓根不知道花蓮在哪裡，但一想到可以出去玩，還能玩上四天三夜，就已經樂陶陶、醉醺醺；張小嚕得知還能到海灘玩沙沙，益發喜形於色。這對祖孫過度興奮的結果，就是坐在後座的張小嚕歡欣揮舞手中塑膠耙子，意外打中了正前方的阿嬤頭顱，一聲爆響，力道之大，登時讓阿嬤的淚水瞬間滑落。妻馬上捏了張小嚕大腿一把，並要他立即向阿嬤道歉。道歉同時，只聽得我阿母哀嘆連連，似有無限委屈：「我就知道，你子不要給我作伙出來趣玩啦！」

不過還好，等車子開上蘇花公路，祖孫「耙擊」陰霾一掃而空。因為宜蘭南方澳再往南，危巖、盤屈山路、浩瀚太平洋隨即展布眼前。車抵東澳前，一個山澳轉折處，有一空地，可以仰瞻巉岩，俯視深谷、曲岸及大海。——至此處，我阿母和她的金孫已經和好如初，再度嘻嘻哈哈起來了。這時節，張小嚕瞧見山腳海岸，一心只想玩沙沙，我阿母則去心似箭，一心只想飛奔到從未履跡過的花蓮，於是乎老的不斷催促啟程，小的聽見催促聲則是緊皺眉頭，直嚷：「阿嬤說要走，可是我要玩沙沙啊！」我見張小嚕情急，迫不及待，便將他平舉過頭，作飛機狀，作勢就要射往山腳，只見他急忙在空中搖手大喊：「不要不要不要不要！」

車行往南，抵南澳，在國小操場野餐。復經花澳，過清水斷崖，鑽出崇德隧道，花蓮就到了。

祖孫初至太魯閣，鬼斧神工，俯仰即是，但小的卻只對寧安舊橋及橋旁不動明王廟，有點兒興趣，因為喜歡「橫躺」橋上，看天空、吹涼風、聽溪流聲，更喜歡將腳「直放」泡進廟旁湧出的山泉池。老的則只寧願待在遊客中心，悠閒喝紅茶配竹筒飯，壓根不想同往長春祠，探看沿途峭壁與白石風光。

驅車復至慈濟精舍。我阿母在家原就禮佛，至此地更加認真，張小嚕只在一旁玩耍。一位年長比丘尼見著，要送張小嚕餅乾，領著同入屋內。出來後，比丘尼低頭對張小嚕說，餅乾也要給阿嬤吃喔。張小嚕立即取出一片送給阿嬤，隨後又各拿一片送給我和妻。比丘尼摸摸他的頭，誇獎連連。事後，一名男志工對我們說：「那是上人四大弟子之一。」又說：「上人今住佛堂後方，每日清晨早課，親臨精舍大堂主持。而且，上人學會了用電腦，因為她想要在第一時間掌握全世界的各種消息。」

黃昏時刻抵七星潭。海岸遊客如織，張小嚕迫不及待拉著媽咪衝向海灘，我阿母則在我的攙扶下慢慢走下落差極大的石階。七星潭潮水挾著深不可測的怒吼盡情向粗礫石岸咆哮，張小嚕在咆哮聲中開心玩著小石礫。玩罷，我將他舉起來，讓腳泡浸海水，痛擊腳踝，這才發現小石子翻滾於海浪中，父子倆腳踝都傷瘀了。

入住海濱街民宿「浪淘沙」，窗外即見大海、花蓮港紅色小燈塔。祖孫兩人對窗外美景興致甚低，只對彈簧床有興趣。我阿母洗過澡，躺在床上，張小嚕先在右邊雙人床上下彈跳，繼而「入侵」我阿母躺著的雙人床，擾得我阿母休息不得，便抱怨起來：「阿誠仔，阿孫仔不讓我睡啦！」祖孫這種爭執，清官也斷不得，只有等張小嚕筋疲力盡，才會圓滿入睡。

停留三天，稍稍領略花蓮美。馬不停蹄，我們先到了充滿人文氣息的璞石咖啡館吃早餐，祖孫倆卻只對桌上可扳開的方塊磁和戶外盪鞦韆有興趣。再到時光和舊書鋪子兩家舊書店，我阿母登時臉色一沉（意思是怎麼又來書店了，老人家不識字也），張小嚕卻樂此不疲，央著讀一本又一本童書給他聽。造訪松園別館時，美景目前，我阿母卻只對廁所有興趣（頻尿之故），張小嚕則對牆柱上照片大喊：「是余爺爺！爸爸，你看，是余爺爺！」（余光中先生參加太平洋詩歌節的照片）還有一路吃喝，喝了廟口紅茶、吃了公正街包子、品嘗了喜品家乳酪蛋糕、點了邊城茶舖（滇緬菜）和苗家美食（貴州菜），吃喝又滿足又愉快，但我阿母只對廟口紅茶賣的西點點心情有獨鍾，張小嚕只想念邊城茶舖鄰桌的小哥哥，同玩到廢寢忘食。

從未想過花蓮市騎腳踏車，別有一番滋味。黃昏時刻，我們從濱海街騎出，左手近處是一條小街，遠處是青山列屏，太陽已經落到山陵後，天光仍是明亮，卻一點不炎熱，海景在右，海潮呼吸起伏。美景若此，不光眼睛，全身各個感官都為之舒暢輕爽了起來。腳踏車可騎入花蓮港區，看船舶駛入泊靠碼頭。原想一路騎往七星潭，但天色漸暗，至花蓮港即騎返。（隔日我們也到鯉魚潭騎腳踏車，山潭幽謐，佳妙殊深，同樣美不可言）

某日抽空至花蓮南方壽豐鄉，拜訪舊鄰居。舊鄰居考入成大博士班，南下讀書時便把房子賣予我。寫博士論文時到花蓮做規劃研究，忽在山風海雨之間找到了一生之寄託，毅然拋棄學位，開始與小農並耕同作，倡導起有機農業，開設起「大王菜舖子」，標舉「享受新鮮、守護自然、支持農夫」，幾年下來做得有聲有色。我們抵達時，老友王福裕正在竹叢下剝一籃曬好的黃豆莢。我阿母本是鄉下人，見狀立即坐下同剝，張小嚕也坐下有樣學樣剝得津津有味，祖孫倆居然愉快地一直剝，不多話了。王福裕仍和以前一樣，直言爽朗，邊剝邊聊天，說他的哲學就是「小」（絕不會把菜舖子搞得很大），說他從不考慮獲利（想獲利就不要做農、做有機），說他每天在田地裡勞動、說他每天思考很多很多事情、說菜舖子能有今天都靠朋友們幫忙……。祖孫倆直剝完一整籃黃豆莢，王福裕還得要忙農事，我們便告辭了。臨走前，王福裕告知附近有家「立川魚場」，中餐可以去那吃。我們吃到了我阿母讚不絕口的「炒蜆仔」、「蜆仔湯」和「貴妃魚」。

最後一天，去吉安鄉慶修院，此院是日據時期日本移民所蓋建的佛教布教所，今已整修一新，頗存日本寺院風味。我阿母在此之前，一直嚷著要出國玩，老人家沒有地理觀，只曉得日本（老人家出生日本時代也），便經常嚷著要去日本玩。出發到慶修院前，我跟她說等一下就要去日本了喔。她異常興奮。到了慶修院，她左看了一下木構寺樓、右看一下整牆石佛石刻，再和張小嚕同餵了一下池塘鯉魚之後，她就很感嘆，說：「想未到日本這呢難玩！」

四天三夜，很快過去了。最後一晚，我們另換了一家民宿「五十米深藍」，老闆娘極親切，說第一次到花蓮玩，愛極了，最後就移居花蓮。

隔天北返，經過清水斷崖，張小嚕察覺不對勁，急忙問：「媽媽，我們現在要去哪裡？」妻答：「要回台北了！」張小嚕居然抗議：「我不要回台北！我要去花蓮！我不要回台北！我要去花蓮！」所以當我們停車在清水斷崖旁，張小嚕還在嚷著回花蓮時，我又把他全身舉起作飛機狀，準備朝山腳沙灘拋射，一邊嚇他，一邊跟他說：「你要回花蓮，爸比把你從這裡丟下去，你飛到那邊海灘就是花蓮了！」沒想到這小子已經不害怕，不說「不要不要不要」了，反倒淡定：「爸爸，你要慢慢丟，不要丟太快喔！」我無奈，便將他放下，張小嚕還一臉疑惑：「爸爸，你怎麼不丟呢？」——沒想到，花蓮，這麼輕易就抓住了兩歲八個月大小孩的心啊。

我阿母也來犯相思：「不是說要多玩好幾天嗎？怎麼這麼快就要回去台北了！」妻也犯傻，對我說：「要不，以後你畢業，找一間花蓮的大學教，我們全家搬來花蓮住好了。」

我以為我最清醒，居然回說：「好啊！」

航向石垣島

我阿母年紀漸大，腳力大不如前，從前我曾讓老人家獨自跟團到泰國玩，現在已不可能。寒暑假，我大多時間在國外演講，想帶我阿母同行，但分身乏術，照顧不來。可是我阿母很期盼能出國遊玩，我考量了許久，忽看到朋友分享郵輪之旅，覺得老人家很適合，吃住都在船上，不需太多麻煩。遂趕緊為全家訂了麗星郵輪到石垣島兩天一夜之旅（原本中意的三天兩夜行程已額滿），同時請大姊同行，幫忙照顧阿母，我和妻小一房，我阿母和姊一房。——為什麼選上石垣島？除了距離台灣最近之外，還有私心，因我愛看日劇《HERO》，男主角木村拓哉飾演的檢察官久利生公平，最後貶放石垣島，我的偶像松隆子從東京特地跑來探視，偶像來過，我也要來一下才行。——原先以為石垣島鳥不生蛋，沒想到比澎湖還熱鬧。

搭乘郵輪雖好玩，但坐過的人應該都知道，享受郵輪之前，最大痛苦莫過於「等待」，上船要等，下船也要等，而且一等就是以「小時」計，一小時、兩小時、三小時……，等到天荒地老，海枯石爛。可偏偏祖孫最不耐等候，我阿母等不到五分鐘，就開始詢問：「是好未？等這久！」一小時可以問十二次，兩小時可以問二十四次，以此類推，——只有像我這種從小接受過我阿母嚴格「叨唸」訓練的小孩，才有辦法忍耐如此密集的疲勞轟炸，更不用說我阿母每隔半小時或一小時就要尿一次（尤其吃了腎臟內科為了減省腎臟負擔所開的利尿劑），排在長長的人龍當中，豈能說脫困就脫困，想上廁所就上廁所。至於張小嚕，那更不用說了，只會越喊越大聲：「到底好了沒有！」、「到底還要等多久！」——我從何得知祖孫會有此反應？因為祖孫只要假日到華納威秀影城等買電影票，不過排隊十到二十分鐘，就已經哇哇叫，叫個不停了。

但是，這一切窘境都沒發生，因為平常出門，我都會幫我阿母準備輪椅，減省她腳力，方便她和我們一起玩較長的距離。但沒想到，郵輪有輪椅優先通道，僅次於頭等艙、商務艙的貴賓，等這些貴客先進去了，馬上輪到我阿母優先上船，張小嚕看到阿嬤不用排「長長長長長長長長長長長長長長長長」到嚇死人的人龍，很生羨慕，巴著阿嬤的輪椅不放，沒想到也就一起優先通關了。我們祖孫三人，很快上了船，到免費中式自助餐點了許多菜，悠哉悠哉，吃飽喝飽，過了一個多小時之後，我姊和妻才順利登上船，張小嚕已經換好游泳褲，準備跳進船尾游泳池裡游泳了。

郵輪開動，先不說從未見過漸行漸遠的基隆港夜景是如此迷人，也不說從基隆港航向東側二七〇公里外的石垣島途中，太平洋如何蒼茫，海面如何間雜著大面積之前颱風將山上樹木沖刷入海的枯枝殘幹之奇特景象。只消說說祖孫悠哉地坐在無敵海景旁的西式自助餐廳座椅上，吃著美食，

搭乘麗星郵輪到石垣島。

喝著紅茶和汽水，緩緩感受郵輪平穩地航行水面，然後恰恰就在腳下窗戶的海域上，望見幾隻淘氣海豚（我阿母稱為「海豬仔」，台語叫法，而且還是我們從小吃到大的「蚵嗲餡料」）躍出海面；而且即使祖孫看膩窗邊海景，也能爬上船頂吹海風、看更大的海景，吹膩了海風，還能再看魔術秀、兒童劇，參加小船長活動，進駕駛艙親眼看船長開船。——如果玩累了，累了就睡，醒了就吃，吃飽再玩，玩累再睡……周而復始，郵輪生活，真是不亦快哉！

翌日，十一點抵達石垣島碼頭，泊船對岸，看到兩艘很眼熟的船，再細一瞧，天啊，竟是台灣船去釣魚台宣示主權，日本派出防衛船去噴水的那幾艘，就停在這裡，真可惡（因為東京或琉球距離釣魚台太遠了）。郵輪靠好岸，祖孫和我又可以優先下船，但仍必須等到妻和姊下船才行，一等又是一個多小時，祖孫在碼頭樹蔭下唉唉叫，叫個不停；都要上廁所，只得找隱蔽處野放，——狼狽處，不再贅述。

好不容易，全員到齊，已經十二點多，趕緊叫輛計程車，直奔租車公司，租馬自達小車，日本是右側駕駛，靠左，得先習慣，好幾次轉彎之後，就變成靠右行駛，逆向直行，驚險萬分，好在石垣島車不算多。全家先去吃石垣島名品——石垣牛，真是鮮嫩腴美，祖孫皆愛，也就顧不得多少錢，一盤接一盤地加點、炙烤、大快朵頤。再到石垣島西北處，平川灣，搭透明平底船看海底珊瑚，如果張小嚕之前沒去過馬來西亞熱浪島，可能會覺得很棒，但他去過熱浪島了，曾經滄海難為水，平川珊瑚也就是平平而已。我阿母呢？她對一切大自然興趣缺缺，因為她從小在鄉下的大自然長大，一切自然美景皆不動心矣，如果海底珊瑚可吃，她可能就會有點兒興趣。

看完珊瑚，時間所剩不多，妻和姊跑去商場瞎拚日本貨（祖孫倆怎麼可能對逛街有興趣），我帶阿母和張小嚕在商場旁的大戶屋，悠哉吃著又貴又普通的日本冰（沒有大稻埕的呷二嘴好吃啦！）。

傍晚，還了租車，回到船上。過了一晚，船又回到基隆港，祖孫依依不捨，一直問：「為什麼只玩一天？為什麼不多玩幾天？」其實已經過了兩天一夜啦！

看來祖孫很滿意，時間短，意猶未盡，那麼，祖孫來年再一起玩時間更久的郵輪之旅啊！咿哈！

太空

祖孫倆都沒去過太空，準確地說，是絕大多數人都沒去過太空。

張小嚕一開始只是對台灣地理感到興趣，我們家在台北，旗山阿公阿嬤則住在高雄，全家一起玩過很多縣市，張小嚕逐一比對我送給他的台灣地圖，去過哪，沒去過哪，——去過的地方，遠比沒去過的多。

張小嚕陪我去過新加坡演講之後，開始對世界地理感興趣，他比對我買送給他的世界地圖，他發現去過法國、上海、新加坡、馬來西亞、石垣島，——地球上，沒去過的地方，遠比去過的多，而且還多很多。——張小嚕對世界充滿好奇。

妻的同事送了張小嚕一架美國太空總署的太空梭和一組太空站玩具，他對太空產生興趣，喜歡問：「爸比，地球的外面是什麼？」

「外太空啊。」我回答。

「外太空的外面是什麼？」

「太陽系。」敏感的讀者聽見這樣的追問，應該知道不妙了，而且小孩只會窮追不捨，不會自動停止，果然張小嚕再問：「爸比，太陽系的外面是什麼呢？」

「銀河系。」

「銀河系的外面又是什麼呢？」

「各式各樣的星系。」

「各式各樣的星系的外面是什麼呢？」

「應該就是宇宙了吧？」

「那宇宙的外面是什麼呢？」這個問題也未免太難了吧。

「以人類的知識，目前還不能知道宇宙的外面長怎樣喔。」我只能這樣回答。

張小嚕聽到這個回答，很生氣：「怎麼會不知道呢？」所以，他現在最大的心願就是發明一支很長、很長、很長、無敵長的望遠鏡，可以伸到宇宙邊緣，看看宇宙的外面是什麼。——我常說小孩還沒進學校之前，擁有無窮盡的好奇心和創造力，就時常舉此為例，而父母最應該做的事情，就是竭盡所能呵護、保存、甚至是強化孩子的好奇心，然後讓孩子不斷表現出其天馬行空的創造力於不息。

我看張小嚕對外太空如此著迷，特地到阿輝書屋找了好幾本太空書送給他，其中一本介紹「哈伯太空望遠鏡」，以及望遠鏡所拍攝的太空照片，有各式光彩炫目的星系、星體、星雲；另有一本則是介紹神秘太空相關知識，講述人類探索太空的歷史與種種過程。每天晚上臨睡前，我們父子倆常常遨遊於外太空，我一邊看著書，一邊講給張小嚕聽，父子倆一起聽專家轉述：宇宙是怎麼開始？宇宙有多少星系？星星為什麼會閃爍？月球是怎麼形成？流星是什麼？其他行星有生物存在嗎？有多少隕石墜落在地球上？第一個上太空的人是誰？太空人造訪過其他行星嗎？有哪些重要學者研究過太空？怎樣才能成為太空人？……

張小嚕為什麼對太空這麼好奇？我的猜測是這樣，他還沒大到遭遇到過多人事的糾葛，過多外在事物的誘惑，他的目光還很宏遠，胸襟也開闊，他對單純的「時間」和「空間」還保有最根本的好奇；當然，也很有可能，他才剛從茫茫宇宙之間來到這個地球、這個世間不久，他對茫茫來處還存著天生「如來亦如去」的自然情感。——我特別轉述天文學家卡爾．薩根（Carl Edward Sagan）的話給張小嚕聽：「太空中的星星，比地球上所有沙灘上的沙粒加起來還要多。」我想讓張小嚕很早就意識到，人是那樣的渺小，甚至比渺小還要更加渺小，小到微不足道，但既然好不容易生為「人」，即使渺小，渺小到微不足道，只要憑藉自身努力，自立立人、己達達人，憑藉回歸自然的深切渴望，最後也能像外太空的星星一樣，發出燦爛光芒。

我阿母對太空並沒有興趣，她唯一對太空有感覺的只是：她認為我的父親此刻正住在天上，她時不時就提醒我，等她過世時，一定要叫父親來接她，不能讓她在天上找不到人。——我父親，是我阿母最忠實的衛星。

附錄

名子說

取名真是大學問。我們家大樓內的小朋友，來頭都不小。對門的高中生，有一回在電梯內遇上，我問他的姓名，回說：「秦漢，秦朝的秦，漢朝的漢。」我笑答：「哇！你拍的電視和電影可不少啊。」

又有一回，住樓上的國小生，碰巧在電梯遇上，問他名字，答曰：「姓張，單名載，載東西的載。」我吃了一驚，忙問他：「你的名字很有名，你自己知道嗎？」他笑一笑，說：「好像知道一點點。」

我本來也想給小孩取個響噹噹的名字，叫「張良」。

因為張良可了不起，不單單只是蘇東坡〈留侯論〉所寫的忍功一流，張良思慮精深、運籌帷幄，決勝千里，漢朝諸臣無可相比者，再者功成身退，全身而終，當時亦無人可及。

但妻說，這樣小孩壓力太大，只好作罷。（林良爺爺，姓林，真好，完全沒有這層煩惱呢）。後來又認真想了好些個，和張大春老師討論，都說不妥，便拜託大春老師幫我想一個和他的小孩張容一樣大器的名字。

張韜，便應運而生。只是韜字恰恰和我的「字」重複，因此特地又加上了一個男子美稱「子」（也是我的兒「子」啦），吾家小兒就有了一個好名了。特地為此寫篇小文紀念。

〈名子說〉

韜者，劍衣、弓藏也。

藏劍於衣，納弓於橐，果善容者也。

古傳六韜，太公所述，文武其治、龍虎其神、豹犬其捷，誠善謀者也。是韜者，進退出處，達則韜略鷹揚，慨然澄清天下，捨我其誰；窮則韜光養晦，文章豹隱，韞道以自適。

名汝子韜者，大春先生也；申其意者，爾父也。

是韜者，蓋善處乎時順之間耳。子韜乎，吾知其立也。

嚕嚕與余光中

之一

是的，題目沒錯，嚕嚕的名字確實排在余光中前面。

因為從來就沒有人如此大膽，這般造次，膽敢隨手抓起余先生的衣領，並且毫不留情面，奮力一扭，登時把余先生深藏心中的繆思扭轉成胸口的麻花球；也從來沒有人如此放肆，膽敢把余先生「右手寫詩，左手寫散文」的十根手指，碰到便抓，抓到便往嘴裡送，並且準備好好奇的舌頭、豐沛的口水，仔細品嘗〈鄉愁四韻〉或「甜甜的甘蔗甜甜的雨」，咀嚼〈逍遙遊〉或〈聽聽那冷雨〉（用聽的實在太不過癮）的真正滋味。也從來沒有人如此超越禮數，嘴唇輕碰了余先生的臉頰之後，居然還像章魚一樣緊緊吸住不放，並且於吸吮空隙中探出舌尖，沾黏口水在臉頰上寫書法，嘖嘖有聲，好似應和著余先生朗誦「照著白髮的心事在燈下／起伏如滿滿一海峽風浪／一波接一波來撼晚年／一生蒼茫還留下什麼呢？」口水也呼應，一波接一波來撼余先生的臉頰。

也從來沒有人膽敢在余先生的書房裡，面對公園窗景的酸枝桌椅上，累了便倒頭呼呼大睡，餓了就明目張膽大吃大喝起來，全然不在乎這張桌椅上，曾經寫出〈讓春天從高雄出發〉、〈台東〉這種情味十足的鄉土詩句，曾經那麼辛苦一句又一句修訂翻譯《老人與海》和《梵谷傳》，更曾經寫過一首又一首、一篇又一篇流傳眾口的奇詩妙文；更沒有人膽敢在余先生擺滿書籍、圖畫、照片、信件的書房內，內急了也不通知一聲，便慢條斯理小解起來，並且堂而皇之寬衣解帶換尿布……

是的，常人不敢做的，嚕嚕全不客氣地做了。這傢伙目無「余子」，完全不把余先生放在眼裡，正因為這個緣故，排名就老實不客氣地霸占住前頭。

奇怪的是，余先生既沒生氣，也不介意，還拉著嚕嚕像蓮藕一樣的手，對余師母開玩笑說：「這小子沒有皺紋，只有胖紋喔。」然後又對著仰躺在客廳沙發眼睛正對余師母的嚕嚕，趁這傢伙突然仰高起頭，目光正好遇見腦袋後方的余先生時，余先生忽然認真地對他解說：「在你面前，是個倒著的人喔！」然後再和余師母一起對嚕嚕又捏又抱的，愛不釋手。

嚕嚕就是「倒」看大師，才把余先生給看小了。他之所以倒看，並不是他情願，不過是六個月大的小娃兒，等他懂得翻身、爬行，甚至站立起來，他就會和他的父親我一樣，正眼瞧見余先生的文學成就，是那樣高大、那樣寬廣、那樣深邃，到那時候他還想要小看，都難。

但嚕嚕現在是初生之犢，不畏虎。如同他有一個很大氣的名字：張子韜。那是張大春先生命名的。這樣大氣的名字，卻做出這種舉動，但余先生並不怪罪，還題句送他：「行看韜光揚劍輝。」裡頭第三個字是他，第七個字是我。

看來全天下只有嚕嚕最幸運，莽撞行事，還能得到這麼棒的祝福啊。

之二

嚕嚕出生後，頭一回出門作客，就是拜訪我的偶像，余光中先生。

我很緊張，嚕嚕老神在在，一路上邊睡邊醒。

我有機會拜訪余先生，是因為余先生慨然應允為我當時新出的書《我的心肝阿母》作序。余先生特地在百忙中抽空看完兩本書（連同第一本《離別賦》），寫了一篇珍貴序文，寫完後請我至家中取稿。

嚕嚕一進門，馬上就獲得余師母熱情歡迎，嚕嚕在余師母懷中十分乖巧，不哭不鬧，表現非常得體。——這是頭一回相見。

一兩個月之後，嚕嚕和張媽咪從高雄回到台北，因為印刻出版社的邀約，再次和余先生碰面，余先生一個人搭乘高鐵北上擔任評審，印刻副總編輯周昭斐阿姨找爸爸作陪，於是我們全家出動，在台北車站接到余先生之後，直奔喜來登飯店吃中餐。余先生有一兩個月沒見到嚕嚕，看到嚕嚕長得白白胖胖，便說：「嚕嚕現在是：內容超過形式。形式是小令，內容卻是長調。」

嚕嚕似聽出這話絕妙有趣，語帶雙關，馬上表演絕活「吃腳趾頭」給余爺爺看，表示非常贊同。

又隔幾個月，余先生北上為「第二屆余光中高中散文獎」評審決審作品，隔天遊北美館，參觀台灣百年照片展，北美館特地邀請余先生為此展撰寫兩首詩，放大刊在展覽會之前。余老師和余師母欣賞照片，張小嚕已經會走路了，一路作陪。張小嚕和余爺爺、余奶奶一起拍照，余爺爺還指揮張小嚕，要看鏡頭喔。

看到一張斑馬的後方照，張小嚕伸出手想摸，快摸到馬尾時，我趕緊制止，跟他說：「你不可以拍馬屁喔！」余先生一聽，馬上接著對張小嚕說：「你若拍牠馬屁，當心牠給你一記馬後砲！」

張小嚕逛累了，居然賴皮躺在北美館的地板上休息，不肯起來，余老師和余師母，和張小嚕的媽媽，一起合演了一齣行動劇，圍著圈圈一直看著張小嚕賴皮坐在地上。

張小嚕先笑場了，大笑起來，但一旁三個大人還是十分入戲，繼續認真瞧著賴皮的張小嚕啊！

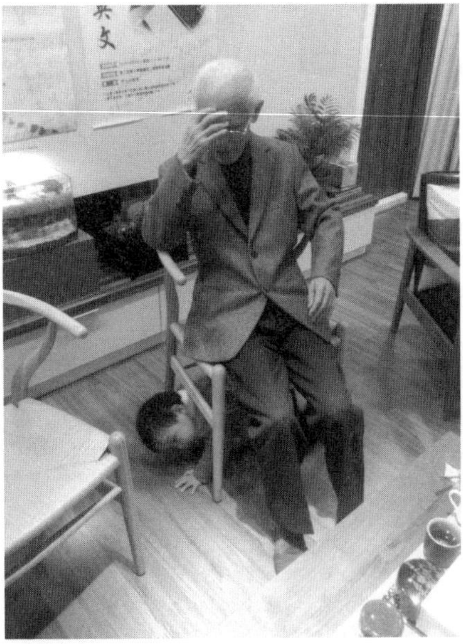

嚕嚕與余光中。

吾家小子：嚕嚕（寫給妻）

這樣更像一個家
阿母變成阿嬤
少女變成媽媽
我也變成爸爸
因為有了嚕嚕

三十三年到來
好像很長，也好像很短
長的像熟睡，短的像翻身
哭聲和微笑都在懷裡出現

因為有了嚕嚕

過去曾經美好，未來也很期待
奶水在乳房，尿布換了又換
吸吮和尿尿同樣重要
青春啊我們願意這樣交付
因為有了嚕嚕

我們繞著轉，我們隨著笑
希望和信心重新出現
世界變得太不一樣
每天每天我們認真對待
因為，因為有了嚕嚕

生生不息

說來慚愧，三十五歲之前，我壓根沒想過要生小孩，只想當個快樂雙薪無孩的頂客族（DINK，Double Income No Kids），妻也深表贊成。因為生養小孩會讓身材走樣變形不說，有了累贅，寒暑假就不能隨心所欲去那些旅人罕至之處，如阿根廷祕魯墨西哥，如埃及南非肯亞，如黎巴嫩約旦敘利亞，如挪威丹麥瑞典。我和妻從大學畢業之後，一路玩了十幾年，覺得歲月靜好，人生圓滿，頂客絕佳。

但每過這種好日子一年，壓力就逐年靠近，漸漸浮現檯面，先是岳父母有意無意提到玩了好幾年也該玩夠了，應該添個小孩了吧；或者乾脆在抱親友或鄰居幼孩時，流露出無比羨慕表情，那裡頭好像隱藏著「要是也有一個親孫子該有多好」的深切期待，我和妻每每都要刻意視而不見這種強烈溫情攻勢。我阿母面對我沒有小孩這件事就從來沒有這麼間接而委婉，老人家開門見山就說：「啊你是未生喔！」（生不出來嗎？）

這樣堅守頂客屹立不搖多年，沒想到學生父母也來參一腳。每回家長座談會結束後，聊天必問老師結婚了嗎？（如果沒有，想必要幫我介紹一個。）回答結婚了，必接著問已經有幾個小孩了啊？答以沒有，則家長必流露出驚訝表情，繼而多加鼓勵，趕緊生一個才好；若簡潔明白答以不想生，則家長必以微言大義訓勉：「啊，你們夫妻那麼優秀，應該多生才對，你們不生，社會怎麼進步呢？」（可見不生虧負社會多矣。）有的則講得更露骨：「啊你們夫妻『種』那麼好，不生可惜！」（我都不曉得自己的「種」好不好哩。）有的則以自身經驗說以前也不想生，結果現在後悔不已，或者只生了一個，後悔太少了，應該生四個的。全是前車之鑑，真摯誠懇而感人，但是言者諄諄，我這個聽者仍是藐藐。只沒想到敵陣全面擴大，就連校長、同事也來傳播福音，並且語帶威脅，說少子化時代來了，連你自己都不生，當心學校以後招不到學生，大家都別當老師了。

不生小孩，居然成了全民公敵。

同校有一學長同事也是頂客族，他面對彌天漫地的「催生」壓力，只語重心長地說了個理由：「大環境不適合小孩生長！」這句話講得真好，不生小孩可不是我的問題，而是整體社會問題，甚至是生存問題。一句話足以抵擋千軍萬馬，讓我如獲至寶，日後我還推而廣之，人若問我何以不生，我便回答：「地球正在暖化哩！」別人一聽，不接話也不勸生了。我還因此得意洋洋好一陣子，後來仔細一想，人家可能以為我腦筋壞掉了吧，人家說要生小孩，我居然莫名其妙杞人憂「天」！但是學長這句話沒派上用場幾年，因為說「大環境不適合小孩生長」的他，不久居然生了個小女娃，每天喜上眉梢笑哈哈，對換尿布奶小孩等瑣事樂之不疲，還說出「從沒想過小孩子連屁股都這麼可愛」如此深情的話來，我的「暖化論」基礎當然不攻自破，從此再不敢以之說嘴了。

同事中還有一種是想生卻生不出來，用盡各種辦法，又是檢查、又是打排卵針、又是子宮整形、又是做試管嬰兒、又是小產，受盡磨難，無論如何就是要有一個小孩。我對他們充滿敬意，為了一個新生命，父母嘗盡苦頭，矢志無悔。雖然我們都沒有小孩，他們是情不得已，我卻是自私的。我廁身其間，惶恐異常。

三十五歲前，我看小孩，完全沒有感覺，說白些是一點兒興趣都沒有。大三那年，大姊兩個女兒回老家玩，我當時正在點讀十大冊李孝定《甲骨文字集釋》，好讓自己看起來更像資優生，但外甥女顯然不這麼想，她們對一旁陪我順便看童話書的興致不高，大外甥女於是提議：「舅舅，我們來玩假裝睡覺，好不好？」小外甥女一旁應和。我不好壞孩童興頭，便和她們玩將起來。等我躺在床上，行將入眠之際，兩外甥女已經站在床下喊：「舅，你怎麼還在睡？我們要玩躲貓貓了！」接著不用說，想必大家也知道，躲完貓貓，還得玩假裝哭哭、假裝讀書、假裝昏倒……。我整天想著點讀甲骨文，卻一直被折騰著玩各種遊戲，分身乏術。這件事讓我領悟到一個寶貴道理，小孩啥都認真，啥都精力無窮，大人就算逢場作戲假裝認真也要累得半死。從此我對小孩便敬而遠之，因為道不同，難以相為謀。

但三十五歲之後，內心忽然有些東西產生變化，從前看到小嬰兒是一點感覺都沒有，甚至覺得煩擾，現在卻一反故態，越看越可愛，越看越有趣，甚至想把小嬰兒抱過來，貼在胸前、逗他笑、親幾口，甚至搖入睡，這在之前是完全不曾有的經驗，但現在卻越來越強烈，我心裡想，也許是應該有個小孩了——因為潛藏心中的父性漸漸流露出來了。

我們家嚕嚕出生時，我剛好三十六歲。

嚕嚕出生後，我深切體會到，一個小孩之於家庭的價值，一言以蔽之，就是「小孩讓家庭有了光」。要知道夫妻兩人外加雙方父母，年齡增長猶如下坡車，家庭便漸漸襲染一層薄薄濛濛陰翳，漸漸就如黃昏透入窗內的餘暉，一個個狡猾的「漆黑」身影順道就躡手躡腳想要染指屋內所有空間；但是有了小孩，如同有了一道燦爛金光，滿照屋內，一切漸次灰敗角落全都再次散發奇異輝光，並且所有人逐漸憔悴的臉龐，皺紋的、黯淡的、病容的、飽經風霜的、白髮蒼蒼的，全都因為小嬰兒的童顏笑容光芒的照射下，竟如久旱逢甘霖一般全都有了生氣，有了活力，有了精神。然後所有人都繞著孩子笑而笑，繞著孩子哭而惜，繞著孩子翻身而轉頭，繞著孩子爬行而倒走……，猶如植物繞著太陽仰轉。於是，小孩讓所有大人都害起熱烈相思，全部再一次墜入久違的情人相思深網。嚕嚕在台北時，住在高雄的外公外婆害著相思；嚕嚕回高雄時，台北阿嬤、姑婆又害相思。好不容易，終得一見，便要又親又抱，又摟又貼臉，以解相思。

當然，生養小孩，固然艱辛，固然要付出許多代價（據說培養一個小孩長大成材要花費數百萬到數千萬不等），固然常感嘆「孩子睡覺時如天使，醒來後卻如魔鬼」（業師賴貴三先生更有新鮮妙喻：「孩子出門時都像哈利波特，回家後馬上變成踿哥馬份」），固然必須時時牽掛驚憂喜懼一輩子……，但我以為，家庭有了一道光，溫暖、希望和信心同時出現，這一切其實值得。

我自有了小孩，有兩事印象頗深刻：第一，別人不再把你當小孩，因為已經是爸爸。第二，很多人會跟你傳授育兒經，滔滔不絕，熱情四射，猶如教授上課或神父傳經；更多人轉送用過的嬰兒車、眠床、衣褲、玩具，猶如武林神器法寶慨然相贈（就說睡別人睡過的床較好眠、穿別人穿過的衣服較好帶云云）。這兩件事情，是進入父母幫派公開的印信，從此派入爸爸幫，爸爸幫負責洗滌、接送、陪玩……，名言是魯迅的「橫眉冷對千夫指，俯首甘為孺子牛」，爸爸能屈能伸，韌性絕佳。

近日報載內政部為鼓勵生育，特舉辦口號徵選，獲百萬首獎的口號是：「孩子，是我們最好的傳家寶。」但諷刺的是，造出口號的女得主接受訪問時卻說，她以後也不想生小孩（其實她應該身體力行，生下十個傳家寶以杜人口實）。這就頗令人沮喪了。我自己以前也是「不生主義」的信仰者，但後來有了小孩，驚覺過往愚蠢至極，遂趕緊推著自家小孩四處招搖，四處宣揚生小孩福音。我的學生黃宛玲，今年剛訂婚，打電話跟我報告，並且補充說：「老師我不是先上車後補票喔，會隔一年後才結婚喔。」她萬萬沒想到，我是這樣回答的：「先上車有什麼關係？有小孩多好啊！老師以前愚蠢說不生，老師錯了，趕緊生！趕緊生！」

從此之後，我竟然成了「催生婆」。從小到大熟悉的蔣先生拗口格言：「生命的意義，在創造宇宙繼起之生命；生活的目的，在增進人類全體之生活。」或者我素所景仰的祐生研究基金會林俊興董事長的九字箴言：「求生存、謀生計、延生命。」都比內政部催生口號得獎作品意涵深刻幾萬倍。但口號終歸口號，遠不及實際去生，一旦生了，口號才能成就意義，創造出價值。

所以這是一篇「勸生文」，不是口號文章，因為咱家可是親身為之，生下一個可愛小孩，張小嚕哩。

INK PUBLISHING 文學叢書 520

祖孫小品

作　　者　張輝誠
總 編 輯　初安民
責任編輯　宋敏菁
美術編輯　黃昶憲　陳淑美
校　　對　吳美滿　張輝誠　張惠喬　宋敏菁

發 行 人　張書銘
出　　版　INK 印刻文學生活雜誌出版有限公司
新北市中和區建一路 249 號 8 樓
電話：02-22281626
傳眞：02-22281598
e-mail : ink.book@msa.hinet.net
網　　址　舒讀網 http : //www.sudu.cc

法律顧問　巨鼎博達法律事務所
施竣中律師
總 代 理　成陽出版股份有限公司
電話：03-3589000（代表號）
傳眞：03-3556521
郵政劃撥　19000691　成陽出版股份有限公司
印　　刷　海王印刷事業股份有限公司

出版日期　2017 年 1 月　初版
ISBN　978-986-387-116-3
定價　350 元

國家圖書館出版品預行編目資料

祖孫小品／張輝誠著：--初版，
--新北市中和區：INK印刻文學，2017. 1
面；14.8 × 21公分. --（文學叢書；520）
ISBN 978-986-387-116-3（平裝）
855　105013713